るまで
ませんか

恋《こい》になるまで暮《く》らしませんか

きたざわ尋《じん》子《こ》

ILLUSTRATION：古《ふる》澤《さわ》エノ

恋になるまで暮らしませんか

LYNX ROMANCE

CONTENTS

007 恋になるまで暮らしませんか
117 愛になっても暮らしましょう1
209 愛になっても暮らしましょう2
238 あとがき

恋になるまで暮らしませんか

警察署に来たのは初めてだ。交番はこのあいだ落としもののことで行ったけど、こっちは妙な緊張感がある。別に悪いことしたわけでもないのに。

「さっきも言った通り、この子の母親が帰って来ないんです。連絡もつかなくて」

言いながら、隣に座る小さな子を見た。不安いっぱいの顔をして、ぎゅっと僕の手を握ってる姿に胸が痛くなった。

向かいに座っている生活安全課の山口《やまぐち》さん――制服を着た女性で、多分三十歳前後――は、小さく頷《うなず》いて少し身を乗り出してきた。受付で取り合ってもらえなさそうな感じになったとこに、山口さんが通りかかって、奥で話を聞こうって言ってくれたんだ。

「まずは、お名前とご住所、状況を教えてもらえますか？　それと、ご関係も」

「あ、はい。この子は清水《しみず》峻太郎《りょうたろう》くんで、お母さんは」

「彩未《あやみ》！」

横から峻太郎くんが食い気味に言った。うん、いつもより声に元気はないけど、しっかりしてる。相変わらず握ってくる手は強いけども。

「清水彩未さん、です。それで僕は朝井千遥《あさいちはる》といいます。アパートの部屋が隣なんです。あ、これ住所です」

財布から車の免許証を出して、テーブルに置く。僕の部屋は二〇二で、清水さんちは二〇一、ということも教えた。

「状況を教えてください」

「はい。昨日、夕方の六時頃《ごろ》に清水さんが崚太郎くんを預かって欲しいって連れて来て、そのまま仕事に行きました」

「夜勤ということですか？」

「あ、ええと……夜勤というか、接客のお仕事らしいです。カウンター越しのほう」

　はっきり言うとガールズバーなんだけど、崚太郎くんの手前もあって言葉を濁した。山口さんとか、近くで話を聞いてる人たちはちゃんと察してくれたみたいだ。

　清水さんは未婚の母らしい。早生まれの僕が今月誕生日を迎えて二十二歳になると同じ歳《とし》になるから、十七歳のときに産んだってことだ。崚太郎くんの父親は高校のときの先輩で、清水さんを妊娠させておいて留学って形で逃げちゃったそうだ。

「預かったのは初めて？」

「いえ、何度か……あ、でもここ二週間くらいですかね。引っ越してきた頃は、多分仕事してなかったんじゃないかなーと」

　清水さん親子が引っ越してきたのは、一ヵ月くらい前——一月の終わりくらいだった。なんか訳ありっぽい雰囲気で、大家さんからも気にかけてやってと言われたこともあって、なにかと話す機会も多かった。五月までの期間限定でもあったし。

というのもアパートは取り壊しが決まっていて、僕の契約も三月中旬までだったところを大家さんのご厚意で五月までいていいよ、ってことになってた。ほかの住人も退去が難しければ五月末までいていいと言われてたらしい。

清水さんたちも最初からそれを承知で仮住まいみたいな形で入居したそうだ。大家さんは人がいいから、なかなか部屋を借りられなかった清水さんたちに手を差し伸べたんだろうと思う。

まさかその前提が、いきなり覆されるとは思ってなかったけど。

「大家さんに、気にしてやってって言われてて」

残念ながらその大家さんは先週亡くなってしまった。倒れて病院に搬送されて、そのまま意識が戻らなかった。

「個人的に親しい、というわけではなく？」

つまり男女の関係ではないのかという質問ね。

「ないです。清水さんとは玄関先で立ち話する程度で、峻太郎くんは何度もうちに泊まったりしてますけど。ね？」

「ねー」

すかさず峻太郎くんからいい感じの同意。ちゃんと話は聞いてるらしい。偉いぞ。

「預かるって、数時間じゃなくて一晩なんですか？」

「あ、はい。朝まで預かって、僕の出勤前に隣に送り届けるって感じで。あ、隣だから送るっていうのも変かな。何時に帰ってくるかわからないんですけど、さすがに朝七時には家にいるので」

「なるほど。大変ですね、ご飯食べさせたりお風呂入れたりとかもするわけですか」

「いや、大変ではないですよ。実家でも甥《おい》の面倒見てたので。甥より峻太郎くんはいい子だから手はかからないし、手伝いもしてくれますし」

うんうん、と自慢げに峻太郎くんが頷く。小さい子のドヤ顔、可愛《かわい》い。まして将来イケメン間違いなしの顔立ちだからな。

ちなみに峻太郎くんは幼稚園にも保育園にも行ってない。引っ越してくる前は通ってたそうだけど、前のとこでママ友となんかあったらしくて、こっちで新しい人間関係作るのを嫌がってる感じなんだよね。ただし、これは峻太郎くんの話からの推測。賢い子だから、母親の様子を見て感じるところがあったみたいだ。

「ご家族の方は……？」

「ええと、確かお祖母《ばあ》ちゃんがいたんだよね？」

「うん。ばあば、病気で急に死んじゃったんだって。それからママとぼく二人だったんだけど、こないだお引っ越しした。なんか、もうやだってママが泣いて、遠く行こうってなって」

崚太郎くんの声はだんだん小さくなって、悲しそうな顔になった。

繋《つな》いでないほうの手で思わず頭を撫《な》でると、小さな身体《からだ》を僕のほうに寄せてきた。これもう抱っこしちゃおうかな。

山口さんもまわりの人も、崚太郎くんの健気《けなげ》さにやられてる感じ。なんかジュースとお菓子が出てきて、ついでだろうけど僕の前にも置かれた。

ちらちら、って僕の顔を見るから、食べていいって言うと、ちゃんと「いただきます」と言ってからジュースを飲んだ。大人たちの目尻が下がったのは言うまでもない。

「それで、あの……清水さんになにかあって、こちらに……その、情報が入ったりしてないかなと思って来たんですけど」

事件とか事故とか、そういうの。さすがに崚太郎くんの前では言えなかった。

山口さんが目配せして、職員さんが照会してくれたけど、警察にはなにも情報が入ってなかった。だからって安心は出来ないんだけど。

「何度か連絡はしてみたわけですね？」

「はい。電話は繋がらないし、既読もつかないんです」

「理由というか、原因に心当たりはありますか？」

「うーん……僕から見た感じ、最初からかなり不安定というか、追い詰められた感があったんですけど、だんだんそれが強くなってた印象があって。それで、峻太郎くんの話によると、昨日お母さんとコンビニに行ったときに……その、知らないお爺《じい》さんに咎《とが》められたらしいんですよね」

僕がそれを言った途端、峻太郎くんはぴくっと反応した。けどおとなしくまたジュースを飲んだ。

「咎められたというと？」

「いつも子供にコンビニ弁当なんか食べさせて母親としてどうなんだ、みたいな。店で弁当買うのを何回か見られてたみたいで」

少なくとも子供の前で言うことじゃないだろ、って思う。現に峻太郎くんは、知らないお爺さんにお母さんが怒られたってことでショック受けてたぞ。

「それがスイッチになってしまった……？」

「かもしれないです」

あくまで推測だ。もっとほかに理由があるのかもしれないし、積もり積もったものが弾《はじ》けてしまっただけかもしれない。

思案顔の後、山口さんは言った。

「清水さんの勤め先の名前はわかります？」

「いえ、聞いてません。このへんではないみたいですけど」

とりあえず問題があるような店ではない……はず。ただし、働き出した経緯が微妙なんだよなぁ。

普通に道歩いてたら声かけられて、急に人が辞めて困ってるから助けてって拝み倒された……みたいなこと言ってたし。崚太郎くん預かるときの説明でそれ聞いたときは、思わず「大丈夫なんですかそれ」って言っちゃったよ。まぁ結果的には大丈夫だったみたいだけど。

なんかね、人がいいというか騙《だま》されやすそうというか世間知らずというか……見ててすごく心配になるお母さんなんだ。うちの姉たちがたくましい人たちだから、こんな人もいるのかって最初はすごく驚いた。

そのへんも含めて、崚太郎くんにわからないようにぼかして説明しておく。

さすがにすぐ警察が動いてくれるとは思ってない。連絡つかないって言ってもまだ一日もたってないし、相手は子供じゃないし、ただの無責任な母親って思われて様子見ってことになる可能性は高いだろうなぁ。

「このまま連絡が取れず、今日も帰って来なかった場合なんですが……朝井さんもお仕事ありますよね？」

「あー……いや、それが……会社、週明けに倒産しちゃいまして」

「え？」

「いま無職なんです。あの、伊誠《いせい》ホームってハウスメーカーの子会社だったんで。ＩＳＥＩハウスっていう、不動産屋……でした」

関東を中心に何店舗かあって、僕は五つ先の駅前に勤務していた。仕事が楽しくなかったのはともかく、職場の雰囲気はとてもよかったのに。

「ああ、いくつか連鎖倒産したんだっけ。そういやニュースになってたね」

横から男の人の声が飛んできた。そうなんですよ。全国規模じゃないけど、そこそこ大きな会社だったから、まさか……って思った。突然だったもん。本業以外に手を出すのって、成功すればいいけど失敗したらこうなるって見本みたいだった。

皆さん、一気に同情めいたような困惑しているような雰囲気になる。今週はバタバタして無理だったけど、来週から就職活動しようかなと思ってたんだ。

微妙な空気を打ち破るように、僕のスマホが鳴った。はっとして見ると「清水さん」の文字が！

「き、来た、来ました……！」

見えたのは「ごめんなさい」の文字。続けてまた来たから、アプリを開いてちゃんと文面を読んでみる。

「えっと……『衝動的なことをしてしまって申し訳ありません。少しだけ気持ちが落ち着いたので、明日か明後日には帰りたいと思ってます。迷惑かけてすみません。峻のことお願いします』だそうです」

さらにもう一つ来たメッセージによると、仕事帰りにタクシーに乗り込んで行き先を言おうとしたら、家ではなく新宿《しんじゅく》駅と言ってしまったらしい。車内広告映像に海が映っていて、生まれ育った町を思い出したんだとか。結局故郷へは向かわなかったそうだけど。

「明日か明後日……」

お願いしますと言われても……いや、まぁ預かるのはいいんだけどさ。どうせ暇だし。でも……うーん……？

ちらっと崚太郎くんを見ると、問うような目で僕を見ていた。

ヤバいヤバい。ネガティブな感情は悟られないようにしないと。清水さんのためじゃなくて、崚太郎くんのためにね。

大丈夫、って安心させるために笑ってみせる。

さらにまたメッセージが到着した。

「えー『お金、少しですけど崚のリュックに入ってます。ご飯とか、いろいろに使ってください。足りない分は帰ったら払います』だそうです」

「スマホ、見せていただいてもいいですか？」

「あ、はい。どうぞ。なんでしたら、遡《さかのぼ》っていただいても」

疚《やま》しいことはなにもないからね。やりとりと言えば、昨日までは崚太郎くんの様子とか帰宅時間の報告とか、そんなものしかない。

昨日まではね。今日は違うけど。

やりとりを遡っていた山口さんは、ぴたりと指を止めて大きく目を瞠《みは》った。

「え、あのここに書いてあるのって……アパート出なきゃいけないんですか？　急に？」

「そうなんです。今朝、そういうことになって」

大家さんが亡くなって、相続したのは疎遠になってた息子だった。それが今朝になって、契約通りの日付で退去するようにって言ってきた。五月までいていいっていうのは大家さんの厚意だったわけだし、口約束だったんだから、知ったこっちゃないって言われたらこっちはどうしようもない。ほかの住人もぶーぶー言ってたけど諦《あきら》めムードだったな。

っていう事情を説明した。

「退去までに次の仕事決めちゃいたいんです」

現住所ないと、なにかと厳しいからね。

「それならますます帰って来てもらわないといけないですよね。もう一度メッセージを送ってみましょう。帰宅予定をはっきりさせて約束させたいので、あと二晩は困ると訴えてみてください。それと居場所も聞いてみてください」

「あっ、はい。そうですね」

ポチポチ打つと、すぐに既読がついた。少し時間が空いてから、「もう少し」「なるべく早くに戻りたいです」とだけ返ってきた。居場所についてはスルー。

出そうになった溜《た》め息を飲み込んで山口さんに画面を見せてから、峻太郎くんに声を聞かせてあげてと打った。

着信音が鳴ったのは、ほんの数秒後だった。うわ、マジか。言ってみるもんだな。

「あ、峻太郎くん。ママだよ」

「ほんとっ？」

ぱあっと表情が明るくなった。ママのこと大好きだもんな。僕はスマホを峻太郎くんの前に持って行って、スピーカーで話せるようにした。

『峻ちゃん……』

「ママ！」

「ママ、いまどこ？　いつ帰ってくる？」

矢継ぎ早の質問に、清水さんは少しのあいだ黙り込んでしまった。

『ごめんね。いい子で待っててくれる？』

ゆっくりとした言い聞かせるような声に、峻太郎くんは目に見えてしょぼくれた。パンパンに空気が入った風船から、シューッと空気が抜けたみたいだった。

「……うん」

ああ、聞き分けがよすぎるよ。いつもそうなんだけど、わがまま言わないからなぁ。僕に対してだけじゃなくてお母さんに対してもそうみたいなんだよ。きっとさ、負担かけちゃいけないって思ってるんだと思う。

『ごめんね。絶対帰るから……でも、いまはごめんなさい……帰ったら、ちゃんとするからね。今度はちゃんと頑張るから』

声に泣き声がまじってる。

うーん、やっぱりこれは、彼女的に限界だったのかなぁ。最初に会ったとき、すでに余裕ないっていう感じだったし、いかにも孤立してます……みたいな雰囲気で、だから大家さんも気にしてたんだと思う。

峻太郎くんに手を上げるとか、とんでもなく放置するっていう気配はなかった。けどいつも申し訳なさそうに自分の子供を見てたことには気付いてた。料理が苦手みたいで、出来合いのもの食べさせてたのも知ってる。僕がハンバーグとか唐揚げとか作ったら、峻太郎くんは手作りだってすごく喜んでた。どうも亡くなったお祖母ちゃんも自分ではあまり作らなかったみたいで。

泣き声まじりの声が途切れ途切れに聞こえている。ほとんど独《ひと》り言《ごと》のようなものだ。気がついたら電車に乗ってたとか。もう少しだけ一人になりたいということらしい。

山口さんの小さな溜め息が聞こえた。これはなにか言うか、と思ったら、まるで気配を察したように清水さんが言った。

『朝井さん、本当にご迷惑かけてごめんなさい』

「あー、いや……それはいいんですけど……大丈夫ですか？」

『……ちゃんと、帰りますから。あの、着替えとか必要なもの、峻のリュックに鍵《かぎ》が入ってるのでお願いします。それと、兄が近くに住んでいるんです。住所も簞笥《たんす》の一番上の引き出しに入ってます。名前は柳久《やなぎく》保《ぼ》統貴《とうき》といって、確かクライバーという会社にいるはずです。朝井さんが無理そうなら、そっちに話してみてください。すみません、峻のことよろしくお願いします』

　それを最後に電話は切れて、後はもう何度かけても繋がらなかったし、メッセージを送っても返事はなかった。

「お兄さん、いたんだ……」

「えっとね、お父さんが違うんだって。ばあばのお葬式に来てたよ。でもなんか、ちょっと怖かった」

　言いながら、眉間《みけん》に皺《しわ》を作ってしかめ面《つら》を見せるのが可愛い。

「そうなんだ」

　だから名字が違うのかな。離婚したとか、そんな感じだろうか。それで、きっとあんまり仲よくないんだろうな。だっていままで一度も話に出たことないし、あの口振りだとこっちでお兄さんと会ってたってわけでもなさそう。

「ビルとかいっぱい持ってるお金持ちなんだって、ママが言ってた」

「そっか」

「クライバーっていうと外資の製薬会社ね。あ、ねぇ峻太郎くん、リュックの中身を見せてもらってもいい？」

聞かれた峻太郎くんは、僕の顔を見てから少し考えて、背負ってたリュックを下ろした。テーブルの上に置いて、中身を出していく。ハンカチ、ティッシュ、お菓子、小さなおもちゃに続いて、小さいポーチ。

清水さんの勤め先のショップカードなり本人の名刺なりがあれば、と思ってたらしいんだけど、残念ながらポーチには鍵と健康保険証が入っているだけだった。

職員さんが早速伯父《おじ》さんに連絡を取ってくれている。家に行けば住所がわかるとはいえ、職場がわかっていれば手っ取り早いからね。少し手間取っていたけど、なんとか連絡はついて、仕事が終わった足でここにくるとのこと。

少し安心した。いや、預かるのはいいんだけど、全責任負うのは怖いから保護者的な——身内の人がいて欲しいというか。

「伯父さん、来てくれるってさ」

笑顔で話しかけたのに、峻太郎くんは泣きそうになってしまった。

「ちーちゃんのとこがいい……」

「伯父さんが来たら頼むから大丈夫だよ。いきなり知らないとこ行くの嫌だもんな？」

「うん。でもちーちゃんが一緒ならいいよ」

ヤバい、可愛い。父性愛が爆発しそう。人目がなかったら、ぎゅーっと抱きしめてるところだな。成人した男が赤の他人の幼児抱きしめたら、いまどきいろいろとまずいけども。

でも一度も不審者扱いされたことがないんだよな。甥っ子と歩いてても崚太郎くんを連れてても、年の離れた兄弟や親戚《しんせき》にしか思われない。相手に警戒心を抱かせないとか人畜無害とか、やたらと言われるからそのせいだろうか。まぁ損したことはないから、なんでもいいか。で、そんな僕たちのやりとりを警察の人たちは微笑《ほほえ》ましげに見ている。

繋いだ手が普段より温かくなってきてる。眠いみたいだ。安心したせいかな。今日はお母さんのことが心配で昼寝もしなかったから。

それからわりとすぐに、崚太郎くんは眠ってしまった。僕の膝《ひざ》に上半身を預ける形になったから、脱いだコートを掛けておく。

「あの、確認したいことがあるんですが」

待っていたみたいに、山口さんが口を開いた。

「はい」

「峻太郎くんの身体に傷などはありませんか？」

「あー、それはないです。あと、多分ネグレクトも疑ってると思うんですけど、僕が知る限りではなかったと思います。この通り血色とかもいいですし、服もいつも清潔なもの着てますし、昼間はいつも一緒にいるみたいですし」

最後のは亡くなった大家さんが言ってたことだ。仲よく買いものに行ったり公園に行ったりもしていたらしい。

ただ、母親を気遣《きづか》うような様子はよく見かけた。顔色を窺《うかが》っているわけじゃなくて、張り詰めた様子なのが心配だったんじゃないだろうか。

「そうですか」

眠る峻太郎くんを見つめてから、山口さんは頷いた。とりあえず引き下がったという感じかな。五歳の子供を置いていなくなっちゃったわけだから、ネグレクトを疑うのは当然だと思う。

山口さんはほかの業務のために、それから間もなく席を立った。

ときどき様子を見にくるような気配はあるけど話しかけられることもなく、時間はやけにゆっくり過ぎていった。

六時をまわると、事務の人とかはぽつぽつと帰っていく。そんな頃に、その人はやって来た。

室内がざわっとしたのがわかって目を向けたら、背の高いイケメンが不機嫌そうな顔をして入って来たところだった。

切れ長で涼しげな目元はちょっときつめではあるけど、ほかのパーツも形がよくて絶妙な位置に配置されている。背は高いし手足は長いし、高そうなスーツが決まってて姿勢もいい。歳は……多分二十代後半かな。もしかしたら三十代に入ってるかも。

思わず眠ってる峻太郎くんに目を落とした。うん、似てる。素直さが顔に出てるから峻太郎くんの涼しげな目元は賢そうっていう印象なんだけど、親子って言っても違和感ないレベルで似てる。将来、あんなふうな男前になるんだろうな。

僕だってイケメンとは言われてきたけどね、レベルが違うよね。高校のとき、クラスメイトに「学年で三番目くらい、全校だと十番目くらいのイケメン」って言われたくらいだから。まぁ、それなりってことだ。でもいいんだよ。ほどほどが一番だって八歳上の美香《みか》姉ちゃんも言ってたし。清潔感があって誠実そうで、そこそこ見た目が整っていたら、男はもう勝ったようなもの……って言ったのは十歳上のお姉ちゃんだっけ。あれ、母さんだったかな。

「先ほどお電話をいただいた、柳久保と申します」

声までいいよ。低いけど低すぎない、色気たっぷりの声だ。

対応に出た山口さんがちょっと動揺してるのは仕方ないかなと思う。

峻太郎くんの伯父さん——柳久保という人は、応接セットの空いているところに座って山口さんか

警務課

らの説明を受けた。

座るときに、ちらっと目があったから会釈《えしゃく》だけしておいた。

説明は簡潔で、なのに必要なことはすべて入っていたし、個人の感情はいっさい含まれてなかった。山口さん、出来る人だ。

昨日からの流れと、僕の素性と清水親子との関わりを聞き終えた柳久保さんは、こっちを見て頭を下げた。

「妹が迷惑をかけて申し訳ない」

「あ、いえ。そんな迷惑ってほどではないので」

暇だしね。会社行ってるときだったら困っただろうけど、失業中ですから。いやー、これちょっと就活はもう少し先かな。清水さん帰って来てくれないと、気になって職探しどころじゃない。とにかく先に新しいアパート探さないとだ。

山口さんと柳久保さんが話しているのを聞いて、わかったことがいくつかあった。

二人は異父兄妹で、柳久保さんが子供の頃に離婚した母親が、別の人と再婚して産まれたのが清水さんらしい。だから一緒に育ったわけじゃないし、会ったのは年末の葬式が最後。近くに引っ越して来ていたことも知らなかったそう。

思ったよりずっと関係は希薄みたいだ。これは峻太郎くんを引き取るの無理かな。やっぱり僕が面倒見ながらアパートで待つ感じ？　いやでもなぁ、僕は赤の他人だし……。

「それで、どうしましょう。行方不明者として届けを出されますか？」

「そうですね。帰ってくるとは思うんですが、念のために……戻って来たら取り下げればいいんですよね？」

「ええ」

清水さんと柳久保さんの関係はこの場で確認出来ないんだけど、清水さんが兄って言ってるし、峻太郎くんとそっくりだし、ってことで、柳久保さんが届けを出すことでＯＫになった。よかった。僕じゃ無理だもんな。あ、峻太郎くんって出せるのかな？

手続きはわりとすぐに終わった。で、峻太郎くんをどうするかっていう話に。

一時保護施設っていうのがあるらしいんだけど、そこはあまり勧めたくないとのこと。改善を促してはいるけど、環境としてあまりよくないから出来れば伯父さんである柳久保さんに預かって欲しいんだって。

「そういうことでしたら」

「急ですけど大丈夫ですか？」

「一人暮らしですが、部屋はありますから」

独身なのか。あ、単身赴任ってこともある……かな？

「峻太郎くん」

そろそろ起こしたほうがいいと思って肩を軽く叩《たた》きながら声をかけると、眠りが浅かったのか小さく唸《うな》りながら起きた。うんうん言いながら膝におでこ擦《こす》りつけてくるのが可愛い。

なんとか目が開いた頃、柳久保さん――言いにくい名前だ――と一緒に警察署を出る流れになっていた。

「お騒がせしました」

「なにかありましたらお知らせください。朝井さんもお疲れさまでした」

「あ、いえ。ありがとうございました」

眠い目を擦りつつ、峻太郎くんも頭を下げた。まだ寝ぼけてる状態だから、僕に釣《つ》られただけだと思うけど。

峻太郎くんの手を引きながら、柳久保さんの後について警察署を出た。うーん、やっぱ背が高いな。平均身長よりも三センチくらい高い僕より、十センチ以上でっかい気がする。

無言で歩いて行く柳久保さんは、通りに出たところで振り返った。

「君も災難だったな」

いまにも舌打ちしそうな雰囲気出しながらの溜め息。

さっきまでは「責任持ちますから兄として当然ですから」って感じだったのに、うんざりした態度を隠そうともしない。いやいや、崚太郎くんの前だぞ。まぁいまは立ったまま半分寝てるような状態だからいいけど。

「別に災難ってほどでもないですけど」

「よく知りもしない子供を押しつけられたのにか？」

「お母さんのほうはともかく、崚太郎くんはよく知ってる子なんで」

もう何日もうちにお泊まりしてるし、感覚としては親戚の子供くらいなものだ。いやこれ本気でそう思ってるから。

なのに柳久保さんは、おかしなものを見るような目をした。

「本心か？　善人気取りか？　妹に下心があると言われたほうが、納得出来るんだがな」

「あなたの基準ではそうなるんですね」

さすがにムッとして言い返してしまった。自分でもびっくりするほど冷たい声になった。

「ただの善意だと言うなら、それはそれで心配になる」

「ひょっとしてバカにしてます？」

「言葉通りだ。見るからに付け込まれやすそうだからな」

心外だ。爽《さわ》やかとか優しそうとか言われたことはあるけど、付け込まれやすそうって……。いや、妥協点がわりと低いのは事実だけどさ。

「さっきも言いましたけど、親しい子供預かっただけですから」

「そうか。無責任な妹ですまないな」

なんだろう。会話がキャッチボールじゃなくて、若干ドッジボール気味。

僕はふう、と大きな息を吐き出した。ちょっとクールダウンしなくては。それでもって、一応僕視点での状況を訴えなくては。

「頑張ってましたよ」

もちろん子供を置いて行ったのはまずいことだけど、彼女の様子を知らない人が頭ごなしに責めるのも違うと思うんだ。

「僕の姉は未婚の母ってやつで、清水さんと同じく十代で産みました。で、甥っ子をよく預かってたんです。母も姉も夜勤がある仕事だったんで」

ちなみに見た目や性格は清水さんとは全然似ていない。うちの姉はもっと肝《きも》が据《す》わってて、利用出来るものはしてやろうって人だから。そのくせ借りは作りたくないって考えもあって子守代はくれていた。

「だから慣れているということか」

「言いたいのは、清水さんは隣人にしか頼れない状態だったってことです。もちろん、そうなってしまった事情があるんだとは思いますけど」

暗に、実の兄はなにやってんだよ、って意味を込めてみる。いや事情は聞いたよ。そもそも関係が希薄だったんだって。でも清水さんがこの町を選んだのはお兄さんがいるからだと思うんだよ。遠慮して連絡出来なくても、近くにいるだけで少しは心強かったのかもしれない。

一方通行だとしても、妹から兄への思慕みたいなものはあったんじゃないかな。

なのに柳久保さんは眉間の皺を揉《も》むようにして、冷たく言った。

「事情はさっき話した通りだ。母の再婚後に産まれた妹とは数えるほどしか会ったことがないし、まともに話したこともない。母親が同じというだけの知人に過ぎないのに、責められるのはお門《かど》違いだな」

警察署内にいたときと、ずいぶん態度が違わない？　こっちが素《す》なのか。外面いいんだなぁ……って社会人ならそんなものか。

「まともに話したこともないって……」

「俺は会いたいとは思わなかったし、会う必要も感じなかった。母親にも家庭があったから、俺と妹を会わせようともしなかった。それだけの話だ。俺は留学して、そのまま向こうで就職して、三年前に帰って来たところだしな」

「ちなみに、清水さんのお父さん……つまり峻太郎くんのお祖父《じい》さんは？」

「さぁ。彩未が高校のときに離婚して、その後で亡くなったと聞いたが、そこは俺に関係ないことだな。父方の親類と折り合いが悪いとは聞いたが、よくは知らない」

なるほど。言い方はともかく、言ってることは納得出来た。

「わかりました。じゃあ、なにかあったら山口さんに連絡しますね」

一応頭を下げてアパート方面に歩き出す。帰ったら峻太郎くんに晩ご飯食べさせて風呂に入れないと。

「待て」

「あ？」

ちょっと柄の悪い声が出てしまった。別にグレた過去があるわけじゃないし、粋《いき》がったりもしてなかったよ。いまのは気持ちがそのまま出てしまっただけだ。

「預かると言った手前もある。峻太郎と一緒に来てくれないか？」

「別に黙ってたらわかりませんよ」

一晩くらいなら寝場所がアパートだろうがこの人の家だろうが、確かめようがないんじゃないかな。警察の人が気にしてアパートまで様子見にくるっていうなら別だけど。

「そういうわけにもいかないだろう。こちらにも責任というものがある」

「大変ですね。世間体とか外聞とかって」

ちょっと苛《いら》ついてたから、つい言い方がきつくなった。これは自分でもびっくりだ。こんな態度を取ったのは初めてだよ。

怒るかと思ったら、意外にも柳久保さんはまったく気にしていない様子だった。呆《あき》れたような、それでいて少しおもしろがっているように見えた。

「顔に似合わず意外にはっきりものを言うよな」

「顔は生まれつきです」

別におとなしそうな顔ってわけでもないと思うんだけどね。悩みがなさそうって言われたときは微妙な気持ちになったけど。

「まぁ、いい。とにかく来てくれ」

さっきより強いトーンになった。来いって言われないだけマシなのかな。

こっちに拒否権がないのは承知してる。目の前の人は峻太郎くんの伯父さんなんだから、無視して連れ帰ったら誘拐になってしまう。

やれやれだ。溜め息が出た。

「一度アパートに寄らせてください。着替えとか、必要なもの持って行きたいんで」

「近いのか？」

「歩いて五分くらいです。あ、それと峻太郎くんにご飯食べさせて風呂に入れたいです。あんまり遅くなると眠くなっちゃうんで」

「わかった。後で迎えに行く」
「出来れば清水さんの部屋に入るのに立ち会って欲しいんですけど」
「子供がいれば問題ないだろう。すまないが頼む。こっちも準備がしたい」
「わかりました。じゃあ……ええと、八時にお願いします」

警察署を出て少ししたところで連絡先と住所を交換しあって別れて、僕たちはまっすぐアパートに帰った。途中で崚太郎くんの目がはっきり覚めたから、一緒に清水さんの家に行って着替えを紙袋に詰めて、冷蔵庫のなかを確認させてもらった。

うーん、予想してた以上に食材が少ない。冷凍食品はまだ大丈夫そうだから置いて行くとして、ウインナー三本と卵二個は食べちゃうか。

うちの野菜とあわせて、ぱぱっとチャーハンとスープを作って食べさせて、そのあいだに沸かしておいた風呂に入れて歯磨きさせたところで七時五十分。急いで片付けて自分の着替えとか用意し終わったのが五分前。

玄関脇の窓から外を見たらタクシーが停《と》まってた。きっとあれがそうだ。

「コート着て、伯父さんのとこにお泊まりだよ」
「ちーちゃんも一緒だよね？」
「もちろん」

峻太郎くんはほっとしてコートを着てリュックを背負った。僕の荷物は大きめリュックと紙袋一つ。

アパートの階段を手を繋いで下りて行くと、タクシーのドアが開いた。後ろの席には柳久保さんが座ってた。

「お待たせしました」

「いや、時間前だ」

行き先は告げてあったらしくて、乗り込んですぐタクシーは発車した。道が混んでいなかったこともあるけど、十分も走らないでタクシーは停まった。

大きなビルの前だ。すぐ近くに地下鉄の出入り口があって、角地で。一階にはコーヒーショップ、二階はネイルサロンと美容院、三階には弁護士事務所と眼科のクリニックが入ってるらしい。その上の階にもオフィスやらマッサージ店やら学習塾やらがあった。

わぁ、柳久保第二ビルって書いてある。ってことは、第一もあるのか。

柳久保さんはビルのエントランスに入ると、エレベーター脇にあるドアを開けて入った。ドアの横に宅配ボックスも設置されてて、内側から届いた荷物を取り出せるタイプだった。で、すぐまたエレベーター。

五人乗りの箱に入ると、フロアボタンは一つしかなかった。直通じゃん。

エレベーターから下りると、目の前には玄関扉が一つ。最上階が住居になってるのか。いわゆるペントハウスってやつだ。築年数も浅そうだなぁ。せいぜい十年ってとこか。

あ、この玄関扉って高いやつ。親子開きで、デザインも凝ってるしいい木使ってる。

「どうぞ」

「お、おじゃまします」

「……します」

さっきからずっと喋《しゃべ》らなかった峻太郎くんは目を丸くして、きょろきょろしてる。まぁね、びっくりするよね。

いやー、すっげー広いし天井高かった。靴を脱いで上がると左右に廊下が延びてて、左側が長くてドアがいくつか見えた。まず案内されたのはその廊下の右手に二つ並んだドア。それぞれ八畳くらいの部屋で、ベッドがあるのは片方だけだった。ベッドはシングルベッドが二つだ。その部屋の向かいには洗面所と風呂とトイレ。

とりあえずベッドのあるほうの部屋に荷物を置くと、リビングへ案内された。玄関を入って正面の観音扉の先だった。

「広ーい……」

ぽつんと峻太郎くんが呟《つぶや》く。

うん、広いね。リビングとダイニングで四十畳以上はあるかな。対面式のキッチンも広いし、掃き出し窓の外はルーフバルコニーが広がってる。リビングと同じくらいはありそうで、なんならバルコニーでテント張ってバーベキューとか出来るな。

「なんでも好きに使ってくれていい。玄関を入って右側は俺の部屋で、簡易キッチンもバスルームもあるから、基本俺がこっちに出てくることはない。そこにさえ近づかないなら、後はなんでも好きにやってくれ」

　言うだけ言って柳久保さんは自室に引っ込んでしまった。

　さてどうしよう、って思ってたら、峻太郎くんに服を引っ張られた。

「ちーちゃん、テレビでっかいよ！」

　六十インチ以上あるな、あれ。でもリビング広いから存在感としては薄い。

「明日、見せてもらおうな。今日はもう寝ようか」

「……うん」

　まだ寝たくないんだろうけど、ここは寝かす。多分ベッドに入れちゃえばすぐ眠っちゃうと思うんだよな。

　使わせてもらう部屋に戻る前にトイレに行かせて、パジャマに着替えさせた。ベッドは重かったけど動かして壁にくっつけて、奥側に峻太郎くんを寝かせることにした。寝相がね、なかなか激しいからさ。

一緒にベッドに入って薄暗くしてやると、やっぱりお母さんのことを思い出して不安を口にした。電話口で泣いてたもんな。

「ママ、帰ってくるよね？」

「もちろん」

「なんで今日は帰って来ないのかな……」

「うーん、なんて言うのかな、お母さんとしてパワーアップするための修行みたいなことしてるんだと思うよ」

「滝でびしょ濡《ぬ》れになるのっ？」

お気に入りの忍者アニメを見ている崚太郎くんにとって、修行と言えば滝行や座禅《ざぜん》だ。とにかく修行は厳しいものだとは認識している。

「お母さんの修行はそういうんじゃないから大丈夫だよ」

「修行、大変なのかな」

「多分ね」

納得したのか、単に眠くなったのか、十分もしないうちに寝息が聞こえてきた。これで朝までぐっすりだといいんだけど。

「あ、そうだ。清水さんに知らせておかないと」

お兄さんが来てからの流れを打って、現在は柳久保家にいることと峻太郎くんを寝かしつけたことを報告。

よし、送信。おっと、すぐ既読ついた。と思ったら即、返事！

要約すると、兄が受け入れてくれたならもう少し時間が欲しい、ということだった。可能なら二週間。それを伝えて欲しい、と。最悪でもアパートの引き払い期限までには戻る、と。

二週間て。うーん、長い。あれか、親しくないとはいえ身内が出て来たことで若干遠慮がなくなった感じかな。甘えというか。

とりあえず柳久保さんに伝えねば。

メッセージアプリのたぐいは入れてないそうなので、教えてもらったアドレスにメールを打つ。と、リビングへ呼び出し。

つーか、なんで同じ家にいるのにこんなやりとりしてるんだ。

なんだかなぁと思いながらもリビングへ行くと、すぐ後で柳久保さんが来た。詰めれば十人くらい座れるでかいソファに、そこそこ距離を置いて座る。

「最短で二週間ということだな。アパートの期限は？」

「清水さんの契約は多分今月末だと思います」

「最長四週間ということか。ちなみに君の契約は？」

「十五日ですね」

「引っ越し先は決まっているのか？　失業中だと聞いたが、再就職先は？」

「どっちもまだです」

アパートは明日からでも動かねば、と思ってる。ネットで探して、内覧の予約を入れないとなー。

このあいだまで僕が紹介して案内するほうだったってのに。

柳久保さんは僕の返事を聞いて、小さく何度か頷いた。

「だったら契約しないか？」

「は？」

「内容は甥の子守だ。期間は妹が戻るまで。住まいは提供するし、必要経費も払おう。日給は……相場がわからないが二万でどうだ？」

なにその好条件。もし二週間雇われたとしたら引っ越し代が作れるじゃん。

「僕も相場とか知りませんけど……いいんですか？　二週間で三十万近いですよ？　あと住むところってどこですか？」

「ここに決まってるだろう。金額は気にしなくていい」

「はぁ……あの、いまさらですけど柳きゅ……久保さんって、一人暮らしですか？」

噛《か》んだ。いや、マジで言いにくいんだって。一応取り繕《つくろ》って真顔保ってるけど、内心では恥ずかしくて転げまわってる。

　ふっ、と目の前の人の表情が和《やわ》らいだ。

「下の名前でいいぞ。職場でも、言いにくいと評判が悪い苗字《みょうじ》だからな」

「ですよね。外国の人からしたら最悪ですよね」

「最悪とまで言われるとは思わなかったよ」

　って言いながらも別に気分を害したふうでもない。さっきもそうだったけど、意外と心広いのね。それとも言われ慣れてるのかな。

「ええと、じゃあ統貴さんということで」

「ああ」

「ところでー、どう考えてもここって一人で住む家じゃないんですけど……」

　３ＬＤＫなのはともかく、広さが半端じゃない。それに僕らが使うことになった部屋なんかは明らかに使ってなかったよね。

「もともとは父親が住んでいたんだ。将来的に俺の家族と同居がしたかったみたいだな。で、君の返事は？　出来ればほかの人間を探す手間を省きたいんだが……甥も懐いているしな」

「えーと、清水さんが十五日までに帰って来なかった場合、僕が新しい部屋借りるときはここの住所貸してくれます？　現住所がないと厳しいんで」

「かまわない。なんだったら、うちの物件を紹介するが？」

「高級そうだからいいです。アパートは持ってないですよね？　どうせ高いマンションでしょ？」

「まぁ、そうだな」

ですよねー、なんとなくそうだと思ってた。

「だったら現住所の件だけお願いします」

「わかった。家財道具を一時保管するトランクルームも付けよう」

あーそういうのも持ってるのね。この人、会社勤めしてるけど、そんなことしなくても食っていけるんだろうな。

でも願ってもない条件だ。そもそもさ、峻太郎くんをほかの人に任せたくないもん。それに対価払ってくれるっていうなら遠慮はしないよ。姉ちゃんもくれてたし。

「よろしくお願いします」

「こちらからの条件は、俺に干渉しないこと。それだけだ。君は甥の面倒だけ見てくれればいい」

「使う場所の掃除くらいはしますよ？」

「それは好きにやってくれ」

統貴さんは鍵を取り出して、テーブルの上に置いた。これは玄関の鍵かな。一階のドアは指紋認証だったな。あれも登録することになるのか。

鍵を受け取って、この際だからと気になっていたことを聞いてみることにした。

「ちょっと確認なんですけど、子供嫌いですよね？」

「そうだな。接し方もわからない」

だろうと思ってた。だって崚太郎くんと一度も目をあわせなかったもんな。ま、でも家の造り的にあんまり会わずにすむからいいか。

「そういうわけだから、よろしく頼む」

「あ、はい。こちらこそ」

それから二人で下まで行って、僕の指紋を登録した。明日から出入り自由というわけだ。いや、買いものにも行きたいからね。

で、統貴さんはそのまま出かけて行った。よく見たら裏手にもドアがあって、そっちから。

まだ九時前なんだし、飲みにでも行ったのかもね。

こうして僕らの怒濤《どとう》の一日目は終わった。

「なんだこれ」

リビングのテーブルに、昨日はなかったものが載っていた。どこかの土産《みやげ》ものっぽい菓子の箱と、その下に五万円。メモもあって、そこには当面の食費って書いてあった。報酬とは別で、足りなくなったら言って欲しい、とも。

「お菓子？　食べていいの？」

峻太郎くん、目がキラッキラだ。お菓子大好きだもんな。

「後で食べような」

ここに置いてあるってことは、好きにしていいってことだ。とりあえずは朝ご飯……なんだけど、冷蔵庫にはなにも入ってなかった。いや、水とロックアイスだけは入ってた。これはひどい。家庭用の大きいやつなのに、なんて無駄な。

「買いに行くか……いや、調味料から揃《そろ》えなきゃじゃん」

後でアパートに戻って、あらかた持って来よう。で、足りない分は買うってことで。幸いというか、調理器具だけは揃ってたよ。食器も。

「峻太郎くん、お外で朝ご飯食べようか」

「お外？」

「うん」

急いで一階のコーヒーショップに行って買って来てもいいんだけど、たまにはね。

峻太郎くんはテレビを消して、お出かけムーブに入った。清水さんちは外食も多かったみたいだから慣れてるらしい。

一階の店は僕たちが行った頃はまだほとんどの席が空いてた。サンドイッチと飲みものを買って食べてると、窓越しに統貴さんが出勤して行くのが見えた。

それからアパートまでバスを使って行って、持って来られるだけ調味料と食材と着替えを持って来た。帰りはタクシーになっちゃったよ。ま、経費として請求しますけども。

足りない分はネットスーパーを使った。だって量が半端ないんだもん。おかげで冷蔵庫とパントリーの中身が充実した。

「は？　海老名《えびな》サービスエリア限定……？」

ちょっと暇になったんで、例のスイーツを食べながら検索してみたら、東名《とうめい》高速道路のサービスエリア限定、って出てきた。

なんで？　もしかしてあれから高速道路を使うようなところへ行ったの？　平日の夜だよ？　約束でもあったのか？　いやそんな様子なかったよね？

約束だから余計な干渉はしないけどさ。美味《うま》いからいいんだけどさ。

まだ半日だけど、ここでの暮らしは快適だ。床暖房暖かいし、そもそも日当たりがいいからぽかぽかしてるし、部屋綺麗《きれい》だし、広いし。風呂場もトイレもキッチンも、僕のアパートとは比べものにならないくらい立派だしさ。いや比べちゃいけないレベル。

おやつ食べたら峻太郎くんは昼寝をするから、そしたら風呂掃除して洗濯もの畳んで、夕食作りと平行していろんな下ごしらえをする予定。ここって洗濯ものを干す場所ない代わりに乾燥機があったよ。正確に言うと場所はあるけど、干すための道具がなかった。竿《さお》とかロープとかピンチとか、いっさいない。干すなってことか？　あんなにバルコニー広いのに。

明日は午前中に散歩して、近くの店とかの把握をして、公園があれば遊ばせて……。合間に宅建の勉強だな。また不動産屋に就職するかはわかんないけど、いままで勉強してた分は無駄にしたくないから資格だけは取るつもり——。

っていう感じで、五日が過ぎた。

統貴さんとは一日に一回、顔をあわせる程度だった。わざわざ顔を見に来たりするわけじゃないけど、氷取りに来たり会社帰りに買って来たものを置きにくるから会う、って感じ。

毎日快適だ。家電は高機能で洗濯も掃除も楽しい。お掃除ロボットもあって、峻太郎くんが子犬みたいに追いかけまわしたりもしてるし。コンロは三口で、オーブンも食洗機もあるし。

「ちーちゃん、おやつなに？」

「チョコのタルトだよ」

これは今朝、テーブルに載ってたやつだ。なんかこれもサービスエリアで買ったっぽい。今度は海ほたるだって。これ、アクアラインにあるサービスエリアの名前だよね。なんなんだ一体、夜な夜などこ行ってるんだ。

一応お礼をってメッセージを送ったとき、これどうしたんですかって聞いてみたけど、端的に「買った」としか返ってこなくて、それ以上は聞けなかった。干渉になっちゃうかなと思って。

夜によく出かけて行くのはデートかな、とは思ってる。ただ高速道路使ってあちこち行ってるのが謎《なぞ》だよな。

僕たちがいるなら彼女がいたとしても呼べないしな。というか、いて当然か。

「手洗ったかー？」

「うん」

レンジで牛乳を温めて、おやつのドリンクとして出す。ここには高そうなカップとソーサーのセットしかなかったから、わりと早い段階で買って来たマグカップだ。五百円くらいのやつ。これくらいのほうが気を使わなくていいから楽。

「美味《おい》しいねー」

「だな」

これで三箱目の土産なんだけど、さすがに食べ切れていない。最初のは空になったけど、おやつばっかり食べさせるのもまずいからさ。

峻太郎くんは一個をぺろりと食べて、目で「もう一個いい？」って聞いてくる。まぁ小さめだからいいか。晩飯までには消化するだろうし。

頷くと嬉々《きき》として二つ目を取り出した。

「またお手紙書こうな」

「うん」

昨日さ、お礼の手紙を書くって言い出して、頑張って統貴さん宛に書いたんだよ。「おいしかった」「ありがとう」ってだけの手紙だったけど、可愛くて悶絶《もんぜつ》したね。これで響かなかったらどうしようってくらいの手紙でした。で、それをテーブルの上に置いといたわけ。朝起きたらなくなってたから部屋に持って帰ったんだと思うけど、いまのところ特に反応はない。

峻太郎くんは統貴さんの前では遠慮がちだ。でも自分から手紙を書くって言い出したくらいだから嫌いではなさそう。

あ、ちゃんと清水さんは毎日連絡を寄越す。なんとなく初日よりも安定してきたような気がする。電話はこっちからかければ出るけど、って感じ。峻太郎くんは納得してるかどうかはともかく、心配そうな様子はなくなった。

「ちーちゃん、今日のご飯なに？」

食欲旺盛《おうせい》なのはいいことだ。体質なのか、かなり食べるほうだけどスリムだし食べても腹がぽこんと出たりもしない。五歳児にしてちゃんと筋肉がついてるんだよな。もちろん大人の筋肉とは質が違うんだけど。

「ハンバーグとポタージュと、トマトの炊き込みご飯」

「わぁ」

素直に嬉《うれ》しそう。峻太郎くんは本当は野菜嫌いだけど、ポタージュにすると抵抗がなくなって喜んで飲んでくれる。トマトと一緒に炊き込むご飯もケチャップライスみたいで気に入ってる様子。今日は余ってたゴボウとニンジンとキャベツのポタージュにした。ハンドブレンダーはアパートから持って来たやつ。就職祝いに下の姉ちゃんがくれて、正直そのときはなぜ……って思ったけど意外に重宝してる。ちなみにハンバーグのソースにはマッシュルーム入れた。

峻太郎くんは一時間近く昼寝をした後、いまはテレビの前で動画を見ながら踊ってる。子供たちのあいだで流行《はや》ってるやつだな。なかなか上手《うま》いんだこれが。

今日は散歩にも買いものにも出なかったから運動にはちょうどいいな。昨日はスーパー行きがてら散歩してたときに、生活安全課の山口さんに会ったんだよな。長話も出来ないから簡単に近況報告をしておいた。

「よーし、運べー」

「はぁい」

スープは危ないから、運ばせるのはご飯だけにする。峻太郎くんが二人分を二往復して運んでいるあいだに、こっちはメインのハンバーグプレートとポタージュをトレイに載せて運ぶ。六人用のでかいテーブルに置いたところでリビングのドアが開いた。

「お……おかえり、なさい」

びっくりして片言になってしまった。いやだって、この時間に帰ってくることも顔出すことも初めてだ。

「おかえりなさーい」

「あ……ああ」

続いて峻太郎くんが言うと、統貴さんは戸惑った様子を見せた。なにその反応。おかえりくらい言いますよ？

「今日は早いんですね」

「そうだな」

手にしてた箱がダイニングテーブルに置かれる。わー、それすげー高いやつ。果物をこれでもかって使ったタルトやケーキが美味いんだけど、薄給の身じゃなかなか手が出せないんだよ。マジか、さすが金持ち。

　峻太郎くんは土産の箱と僕を見て、どうしたらいいのかと戸惑ってる。統貴さんもなんだかもの言いたげだ。

「その……手紙をもらったからな。返事というか……顔を見に来た。美味かったか？」

「うん！　あ、ええと、はい。美味しかった」

「そうか。それはよかった」

　おおお、甥と伯父のコミュニケーション。子供苦手って言ってた統貴さんが歩み寄りを見せてる。これはなかなかいい傾向なんじゃないか？

　これはチャンスだ。出来ればこの二人には仲を深めてもらいたいんだよね。この先いろいろとさ、清水さんも保証とかしてもらわなきゃいけない事態も出てくるはずだし、いざというときに力になってくれる身内は必要じゃん。残念だけど僕は赤の他人で、しかも現在無職の若造だからなぁ。

　となれば、僕も動くぞ。だってこれは干渉じゃなくてお誘いだ。

「これから予定あります？」

「いや、別に」

「もしよかったら、一緒に食べませんか？　この通りのメニューですけど、まだたくさんあるんで」

　実はこの倍の量を作ったんだよね。まとめて作って冷凍したほうが便利だし、ご飯だって少し炊くよりも大量に炊いて小分けに冷凍したほうがいい。というわけで、ハンバーグもポタージュもご飯もまだあるわけだ。

「あんまり統貴さん好みじゃないかもですけど」

ぶっちゃけお子様メニューだ。峻太郎くんに野菜を食べさせるメニューとも言える。

統貴さんはテーブルの上を見てから、僕に目を移した。

「いいのか？」

「もちろん」

急に三人で食卓を囲むことになったけど、準備はすぐに出来た。峻太郎くんはドキドキしているみたいで動きがぎこちなかったけど嫌がってはいない。順応性が高いから、食べ始めて五分もしたら状況に慣れたみたいだし。

「ちーちゃん、美味しい」

「そう？　ありがとう」

相変わらず峻太郎くんは食欲旺盛で、ぱくぱくと食べてくれる。でも行儀はよくて食べ散らかすようなこともない。

黙々と食べてた統貴さんが急に顔を上げて、正面に座る僕を見た。ちなみに峻太郎くんは僕の隣に座ってる。

「どうかしました？　えっと、口に合わなかったら残してもいいですよ」

峻太郎くんは気に入ってくれてるし、自分でもそれなりだとは思っているけど、味なんて所詮《しょせん》は好みの問題だからね。濃すぎるとか薄すぎるとか、いろいろとあると思う。

でも統貴さんは少しだけ口ごもった後、ぼそりと言った。

「いや、美味いよ。全部手作りなのか？　ポタージュも？」

「そうです」

「すごいな」

別にすごくもないんだけど否定しないことにした。だってポタージュなんて、適当に野菜切ってコンソメで煮て、ブレンダーでガーッとやって牛乳と塩こしょうを足しただけだし。峻太郎くん仕様でこしょうは控《ひか》えめだけど。

「おかわりもあるんで、足りなかったら言ってください」

「ああ」

実はテンションが上がっていたらしい峻太郎くんはポタージュとご飯を少しおかわりして、統貴さんもポタージュを二杯飲んだ。

和《なご》やかな食卓ってほどでもなかった代わりに緊張感もなかったかな。会話は近況報告みたいなものがポツポツあった程度。

いまはもらったタルトを食べてるところだ。二つだけだったからどうしようって思ってたら、統貴さんは甘いものが得意じゃないから気にするなって言うんで、コーヒーだけ出した。

　いやーフルーツてんこ盛りのタルトはやっぱり美味い。さっきから峻太郎くんも大興奮だ。すごい、美味しいって、何回も言ってる。

　統貴さんも心なしか満足そうだ。喜んでくれるのを見たら嬉しいもんな。

「あの……質問いいですか？」

　機嫌がよさそうだから、チャンスとばかりに切り出してみた。

「うん？」

「いつもお土産置いてくれてますけど、あれってどうしてるんですか？　高速道路のサービスエリア限定みたいのもあったんですけど……」

「どうしてると言われても、ただ立ち寄って買っただけだが？」

「あの時間から、高速乗って出かけてるってことですか？」

　だって平日だったよ？　翌日も仕事あったんだよ？

「趣味なんだ」

「は？」

「ドライブ。運転が好きで、ハンドルを握ってると落ち着くし、ストレス解消にもなる。平日のあの時間なら空いてるからな、二時間くらい走ってるだけだ」

「はぁ……一人で？　デートとかじゃないんですか」

　つい突っ込んだことを聞いてしまったけど、不機嫌になった様子はなかった。コーヒーを飲んで、あっさりと頷く。

「一人だ。デートする相手はいないな」

「あ、そうなんだ。そっか……よかった」

「よかった？」

「あ、いやだって、彼女いたら悪いなって……思って。家に連れて来られないし」

「余計な心配はしなくていい」

　どうやら本当にそうみたいだ。僕たちに気を使って嘘《うそ》を言うタイプでもないだろうから、言葉通りなんだろう。

　ちょっと意外だ。まぁ、たまたま彼女いない時期ってだけかもしれないよね。あるいは付き合いとか面倒って思うタイプとか。

「ところで食費は足りてるか？」

「あ、はい。余裕です」

「そうなのか」

　意外そうな顔だ。多分、自炊しないからそのへんわからないんだろうな。というか、この人って外食ばっかなのか。家で食べてる気配ないもんな。せいぜい買って来たもの、部屋で食べるくらいじゃないかな。

「あの、もし今日みたいにうちで食べる気になったら言ってくださいね。ありきたりのものしか作れないけど、栄養バランスとかはちゃんと考えてますから。ちなみに明日のメインは鮭《さけ》のフライです」

「タルタルソースいっぱいがいい！」

すかさず峻太郎くんが手を上げた。うん、タルタルソース付けると魚でも喜んで食べるんだよね。マヨネーズ系大好きだから。タルタルにパプリカ混ぜても気にしないし。

「いいのか？」

「もちろん」

お、乗ってきた。よしよし、伯父と甥を仲よくさせる作戦続行だ。

「じゃあ、頼む。七時には帰れるから。それと俺の分まで作ってくれるなら、報酬も上乗せするよ」

「たいした手間でもないですから大丈夫ですよ？」

「家事労働への対価だと思ってくれ。最初の契約に入ってないこともしてくれてるみたいだからな」

「えーと、はい。それじゃ遠慮なく」

おおー追加料金発生。しかも明日も一緒に食べることが決まりました。朝は食べない派らしい。で、会社はよほどのことがない限りは定時で帰れるんだそう。いいなぁ。

あれから統貴さんは、基本的にうちで晩ご飯を食べてる。

デザートも買って来てくれるけど、食後は一日置きくらいに車で走りに行く。土産はあったりなかったり。スイーツ類は会社帰りに買ってくることが多くて、ドライブのときはそれ以外のものが朝テーブルに置いてあったりする。

今朝は真空パックのシュウマイが置いてあってびっくりした。ちゃんと保冷剤も入ってたから、今日の夜にでも出そうかと思ってる。そのまま出したら芸がないから、半分は衣付けて揚げようかな。峻太郎くんも大好きなやつだから、きっと統貴さんも気に入ってくれるんじゃないかな。

僕のなかで、統貴さんって実は子供舌なんじゃないか疑惑が出てきてる。アラサーの男の人にそれ言うのは控えてるけど、多分間違いない。野菜も好きじゃなさそうだけど、峻太郎くん仕様に加工したやつは気にならないみたいだ。外では我慢して食べてるって感じなのかな。

というわけで、食卓は相変わらず洋食屋とかファミレスみたいな料理が並んでる。和食は肉じゃがとか肉豆腐《どうふ》とか生姜《しょうが》焼きとか。あ、魚の照り焼きなんかは好きらしい。そういうおかずのときは箸《はし》が進んでる。

なんか可愛いかも、って思ったことも心にしまっておいた。さすがに失礼だし。

持ってたペンをころんと放り出して、テーブルに突っ伏す。

「うーん……」

ちょっと疲れた。今日は朝から家中――統貴さんの部屋を除く――を掃除して、バルコニーも一部に張ってあるデッキが汚れてたから洗って、その合間に峻太郎くんを遊ばせたりして……いまは勉強中なんだけど正直疲労が溜まってる感じ。

この二週間、怒濤の展開だったからなぁ。大家さん亡くなって、会社が倒産して、清水さんがいなくなって、統貴さんのところで生活するようになって……。

快適だけど、子供の面倒見ながら過ごすのって大変だ。甥っ子と同じようなもの、って思ってたけど、やっぱり違う。身内と違って人んちの子って神経使う。なんというかこう、責任が重い。

さっきからテキストの内容が全然頭に入ってこないから、自分で思ってた以上に疲れてたらしい。

「頭まわんない……」

今日はここまでかな。まだ十時なんだけど寝ちゃおうか。ちなみに峻太郎くんは一時間くらい前に寝落ちしたからベッドに放り込んで、ドアは開けて来た。

統貴さんはいつものように晩ご飯食べた後、ドライブに行った。タフだなって思うんだけど、本人曰《いわ》く運転はまったく苦にならないんだとか。怖々ハンドル握る僕とは大違いだな。一応免許はあるし仕事でも社用車運転してたけど、出来ればしたくない派なんで。

「そういや車、まだ見たことないな……」

ビルの裏側にある立体駐車場は入ってる車、見えないからさ。今度見せてもらおうかな。峻太郎くん、車とか電車とか好きだから。

明日は午前中に公園へ行って、帰りにスーパー寄って……うん、今日よりは時間ある。昼寝のあいだにまた勉強しよう。

つらつらと明日のことを考えているうちに、意識は吸い込まれるようにしてなくなってしまった。

ぱちっと目が覚めたら自分のベッドだった。起きたというか、峻太郎くんに起こされたというか。

「ちーちゃん、ご飯だよ」

「は……？」

「おはよー。あのね、とーきさんが買って来たパン美味しそうだよ」

「え、統貴さん？　パン？」

寝起きは悪くないはずなのに、理解が追いつかない。状況がまったく……って時計を見て息を飲んだ。もう九時じゃん！

　がばっと起き上がってベッドから出る。勢いで崚太郎くんが落ちそうになったのを慌てて抱き留めると、本人はおもしろかったらしくて声を出して笑った。さすが肝が据わってる。

　寝坊した。っていうか、いつベッドに入ったかも覚えてない。

　しかもなに？　統貴さんが朝ご飯買って来た？　いや確かに今日は土曜だから休みなんだろうけど、なんで？

　急いでダイニングに顔を出すと、テーブルには美味そうなパンが数種類並んでた。どこのパン屋だかわかんないけど。

「お……おはようございます」

　そんでもって買って来た人はリビングのソファに座ってた。テーブルには昨日の勉強道具が広げたままになってる。

「おはよう」

「えっと……すみません、寝坊しちゃって。あのすぐ片付けます」

「後でいいんじゃないか？　崚太郎が腹を空かせてる」

「そっ……そうですね！　すみません！」

「謝らなくていい。疲れてるなら手抜きでもかまわないんだぞ」

「でも給料もらってるんで。あ、コーヒー飲みますか？」

話しながらもちゃんと手は動かしてる。って言っても、マグカップに牛乳入れてチンしてるだけなんだけど。

統貴さんは溜め息をついてから頷いた。

というわけで、コーヒーを二杯分淹《い》れる。ここってカプセルタイプのコーヒーメーカーがあるから超楽なの。

待つあいだに顔を洗って、なぜか三人で朝の食卓に着くことになった。起きたばかりなのに、焼きたてのまだ温かいパンが美味くて普通に食べられた。

「とーきさんは食べないの？」

「朝は食べないんだ。二人で全部食っていいぞ」

「無理かも……」

まぁ、総菜《そうざい》パンとかサンドイッチとか甘い系とかで合計七個あるもんな。さすがに朝からこの量は無理だ。

峻太郎くんはツナサンドと甘そうなパンを食べてご機嫌で、そんな様子を統貴さんはコーヒーを飲みながら眺めてる。心なしか表情は柔らかい。警察署で会った日とは全然違うな。

意外と優しいんだよね。清水さんに対して思うところはあるんだろうけど、なんだかんだ言いながら峻太郎くんを預かって、僕を雇ってまで面倒を見ているわけだし。家事労働に対しても、ちゃんと評価出来る人だし。

「ちーちゃん、これ食べて。美味しいよ」

半分にちぎったパンを差し出された。カスタードクリームと煮たリンゴを使ったパンなんだけど、生地がデニッシュだからちぎった拍子にボロボロ落ちてテーブルがすごいことになってる。

気付いた峻太郎くんは慌てて手でパンくずを集めてる。

「後でやるからもういいよ。食べな」

「うん」

和やかな朝食タイムの後、いろいろと片付けをした。

「資格を取るのか？」

「あ、はい。せっかく勉強してたんで試験は受けとこうかと思って」

「そうか。偉いな。でも無理はするな。さっきも言ったが、手を抜いてもいいんだぞ」

ぼそっと言われただけなのに、ほっこりと温かい気持ちになった。こういうのって嬉しいよね。

「ありがとうございます」

なんか、いいなぁ。

あー……ヤバい。これはちょっと、あれだ。

洗濯をしてくるって言い訳して、慌ててテキストを持って洗面所に駆け込む。そこでゆっくり大きく息を吐き出した。

遠くからテレビの音が聞こえてくるのは崚太郎くんがリビングに移ったからだろう。

洗濯機をまわしてから部屋に戻っても、焦燥感《しょうそうかん》みたいなものは胸のなかに居座ったままだった。

「まさかね……」

この感覚は久しぶり……というより、四回目か。僕が誰かに「なんか、いいなぁ」と思うのは、過去三回とも恋が始まるときの最初の感覚だった。最初は実らなかった初恋のときで、二度目は中学のときに一年くらい付き合った彼女。三回目は……これは突き詰めちゃいけないやつなんだけど、高校の男の先輩だった。委員会で一緒で、気持ちが育つ前に必死で打ち消した感じ。

そう、もしかしたら僕は同性も大丈夫な人間かもしれないんだ。踏み込んだことはないから、本当のところはわからないけど。

「いや、気のせい気のせい」

「なにがだ？」

「えっ」

びっくりして振り向くと、部屋の入り口に統貴さんが立ってた。ドキドキ……じゃなくて心臓はバクバクしてる。

「ど、どうしたんですか」

「いや、彩未の話をしようと思って」

「あ、ああ……はい」

なるほど、それでテレビに夢中の崚太郎くんから離れてこっち来たわけね。

清水さんは自分から毎日メッセージを送ってくるようになったし、たまに電話で話すときの声も元気になってきてるように感じる。相変わらず場所は言ってくれないけど、老夫婦がやってる飲食店の手伝いみたいなことをしてるっぽい。バイトじゃなくて、あくまで手伝いみたいだ。

「あいつはなにをしてるんだ、まったく……」

「リハビリみたいなものじゃないかと思ってるんですけどね」

「リハビリ？」

「なんていうか……自信を取り戻すためのリハビリ？　お母さんとしてだけじゃなくて、社会人として、かなぁと。いや僕の勝手な解釈ですけど」

自分はなにも上手く出来ない、駄目な人間だ……みたいに思ってる感じがしたんだよね。家事も子育ても仕事も人間関係も駄目だ、って。

「君は彩未に対して好意的な解釈をするよな」

「女の人には優しくって、子供の頃からうるさく言われてたせいですかね。特にシングルマザーには親切にしろって母と姉が」

「母子家庭なのか？」

「いや、父親はいることはいるんですけど、なんていうか……自由人が極まってロクデナシというか。昔から家に寄りつかなくて、あちこちフラフラしてる人なんですよね。僕も年一で会うか会わないかなんで、父親って感覚ゼロだし、父親らしいことしてもらったことないんで……うーん、金だけ家に入れてくれるオジサンって感じですかね。でも離婚はしてないし、両親曰く外に女がいるわけじゃないそうなんですよ。で、僕が就職して家を出たタイミングで、母は父について行っちゃいました」

　統貴さんが微妙な顔をして聞いてる。どう反応したらいいのか困ってる感じだ。まぁ、自分で言っててもわけわからんからね。

「いろいろな家庭があるんだな」

「そう思います」

　ちなみにシングルマザーの下の姉ちゃんはもちろん、上のお姉ちゃんも独身で、大手企業でバリバリ働いてる。恋愛もそれなりに経験しているようで、仕事とプライベートの両面からの「こんな男は嫌だ」という話をよく聞かされた。無意識にそのへんを気をつけて生きてる気がしないでもない。

　あれ、もしかして僕は姉たちの理想……という名の都合がいい男に育て上げられちゃったのか？

「理想は都合、か。なるほど」

「あれ、声に出てた？」

「出てたな。一体どんな育てられ方をしたんだ」

呆れたような、おもしろがってるような顔で聞かれた。

「えーと、いまどきの男は家事くらい出来ないとね、って言われて小学生のときから仕込まれて。言葉遣いと行儀はよくて損することはないって言われて。あとは……なにごともカテゴリーで判断するなとか、人の話は聞けとか……まぁ、いろいろ」

一人称僕なのも、その名残《なごり》というか、いまさら直すのもねっていうだけの話。確かに損したことはない。

「なるほど。それでモテそうな人間に仕上がったわけだな」

「あはは」

なんか統貴さんみたいな人に言われると複雑だ。だってほら、僕は学校で十番目の人だからさ。

「否定しないな」

「いや、まぁそれなりに。でも付き合ったのは一人だけですよ？　統貴さんこそ、めちゃくちゃモテますよね？」

「寄ってくる数だけは多いな。顔目当てだったり、金目当てだったり。中身には興味がない女ばかりだが、好かれるような中身でもないから仕方ない」

「そんなことないですよ。統貴さん、意外と優しいじゃないですか。あっ、すみません。意外とか言っちゃった」

口が滑ったな。どうもこの人が相手だと、普段言わないようなことまで言っちゃうんだよなぁ。

それにしても統貴さんに彼女がいない理由がちょっとわかった気がする。ようするに警戒心マックスなんだね。

「いや、むしろ優しいと言われたのが意外なんだが」

「そうなんですか？　ああでも統貴さんって第一印象悪いタイプですもんね」

「言ってくれるな」

苦笑まじりの様子は、さほど気にしたふうでもない。というかむしろ、はっきり言ってもらったほうがいいって人なのかも。

とか思ってたらパタパタと足音が聞こえてきた。

「ちーちゃん、なんか来たよー」

「おーサンキュ」

峻太郎くんは小さな手にスマホを持って来た。着信があったらしくて、そわそわした様子だ。ママからじゃないかって思ってるんだな。

「そっか、昨日からあっちに置きっ放しだった」

テーブルの上のものは一式持って来たけど、スマホは床に置いた気がする。無意識だったけど、多分そう。

「ああ、それも一緒に運んでおけばよかったか」

「は？」

「君と一緒に」

さりげない一言に、ピキッと固まってしまう。運んだ？　統貴さんが僕を？

「あ、あのっすみません、なんかお手数をっ……てっきり覚えてないだけで自分でベッドに入ったんだと思ってて！」

「とーきさんが抱っこして来たんだよ」

さらに爆弾が投下された。っていうかなんで峻太郎くんがそれ知ってるんだ。ぐっすり寝てたんじゃないのか。

答えは統貴さんが言ってくれた。

「ちょうど目を覚ましてトイレに行きたがったから付き添ったんだ」

「そ……そうなんですか」

なんだよ面倒見いいな。もしかしてこの人、一度懐に入れたら甘い人なんじゃないのか？　ああもうなんか恥ずかしい。二十歳《はたち》も過ぎて、抱っことか……ええ、抱っこってマジで？　峻太郎くんの語《ご》彙力《いりょく》の問題で、単に肩貸したとかそんな程度だよな？　そうだ、そういうことにしよう。

　向けられる期待の目を思い出して、スマホを操作する。今日のメッセージは動画だった。

『おはようございます。私はこれから、お店のお手伝いに行ってきます。昨日は賄《まかな》いを作るのを任されました。ちょっと失敗しちゃったけど、味は悪くないって言われました。帰るまでにはもっと上手になって、二人に食べて欲しいと思ってます。峻ちゃん、もう少し待っててね』

　峻太郎くんはうんうんと頷いてる。久しぶりに動くお母さんの姿を見て嬉しそうだ。僕には絶対寂しいって言わないけど、我慢してるんだろうな。

「もっかい見せて」

「いいよ。また見たかったらここ押せばいいからな」

　タップしながら顔を上げると、統貴さんが眉間に皺を寄せてなにか考えていた。最初のときほどの刺々《とげとげ》しさは感じられない。かといって言いたいことは山ほどありそう。

「具体的な日にちの提示はなかったな」

「そうですね。でも……表情も声も明るくて、ほっとしました」

　清水さんって引っ越して来たときから、もう表情も声も沈んでたからな、あんな顔も声も初めてだ。きっとあれが本来の清水さんなんだろうな。

「月末までには戻りますよ、きっと」

「戻らなかったら説得するつもりなんだが、まぁ……大丈夫そうだとは思ってる」

「ですよね」

「君を長期間拘束するわけにもいかないしな」

「そこはまぁ、失職中だからいいんですけどね。会社都合だから雇用保険もすぐ出るし。差し迫ってるのは、やっぱ住むところかなぁ」

それ考えると憂鬱《ゆううつ》だ。部屋探すこと自体も大変だけど、引っ越しがまた面倒くさい。ものってさ、思ってるよりもたくさんあるんだよ。二年前に実家からアパートに移ったとき、運び込まれた段ボールを見て茫然《ぼうぜん》としたもんな。

苦笑してたら、何回かメッセージ動画を見た峻太郎くんが気がすんだみたいでスマホを返してきた。

「それだったら……」

「はい？」

スマホと峻太郎くんに気を取られて、聞き逃した。

「いや、なんでもない」

部屋を出て行く統貴さんに続いて、なんとなく僕たちもリビングへ行った。峻太郎くんはまたテレビをつけて、その前を陣取った。真正面のソファに座って、ちゃんと離れて見てて偉い。

統貴さんもソファに収まったけど、距離はちょっとある。まぁ同じ空間にいるようになったのは大進歩だ。

　テレビではプラネタリウムの特集をしていて、崚太郎くんがキラキラした目をして見ていた。映し出される季節ごとの星座の話から、リポーターが自分の星座は先月だったので残念だと言い始め、それを受けてスタジオでは自分はちょうど今月だなどと言い出した。

　崚太郎くんは顔を上げて僕を見た。

「ぼくって何座だっけ？」

「えーと、待って……ああ獅子《しし》座だね」

　あまり詳しくないからスマホで調べてみる。誕生日は覚えているから、すぐわかった。

「しし……？」

「ライオンだよ。強そうでいいな」

　嬉しかったらしくて、目が輝いた。ライオンは崚太郎くんが一番好きな動物なんだよ。

「うん。ちーちゃんは？」

「羊《ひつじ》だよ」

「そっかぁ。えっと……とーきさんは？」

「崚太郎と同じだ」

「お揃い！」

「そうだな。確か誕生日は一日違いだったんじゃないか」

どうやら峻太郎くんが産まれた頃にそう聞かされたことがあったらしい。見た目似てる上に誕生日も近いのか。

同じ星座って聞いて峻太郎くんニッコニコだな。わりと統貴さんのこと好きだよなこの子。やっぱあれか、顔が似てるから親近感覚えるのか？

「君の誕生日はいつなんだ？」

「今月末ですね」

「もうじきか。二十二になるんだったな」

「はい。月末ですね。三十日」

「そうか……なにか欲しいものはあるか？」

「え？」

びっくりした。急になに言い出したんだろうこの人。って思ったままの顔で統貴さんを見つめると、急に自分の言ったことに気付いたみたいな顔になって見つめ返してきた。

たっぷり五秒くらいの間があった。

「いや……よくやってくれてるからな。欲しいものはないのか？」

「あー、一番欲しいのは新しい部屋と就職先ですね」

いまはもうそれしかない。いや、欲しいものはいろいろあるけど、一番はそれ。プレゼントのリクエストとしては我ながらどうかと思った。

「業種によっては可能かもしれない」

「いやいやいや、冗談ですって。大丈夫です」

「前と同じ不動産業が希望なのか？　そのための宅建だろう？」

「あー、まぁそれは候補の一つですね。ただ……その、実は車の運転が好きじゃなくて、内見《ないけん》のときとかに車出すのが苦手だったんですよ。だから、出来れば運転しないでいい仕事がいいかなーと思ったり」

就職が決まって免許取ってから気がついたことだった。下手ではないと思うんだけど苦手なんだよ。神経使ってものすごく疲れる。特にお客さん乗せたときなんて疲労感倍増だ。

運転が好きで仕方ないらしい統貴さんからの同意はなかった。そういう人間もいるんだな、くらいに思われてそう。

まぁ運転のこと以外にこだわりはないんだけどね。高卒だし、大企業は向かない自覚あるから、そこそこのところでいいと思ってる。

大学へ行かなかったのは、早く社会に出たかったから……の一言に尽きる。いまだったら迷っただろうけど、当時はそれ一択だったんだ。

ま、実際に動くのは清水さんが帰って来てからだな。ネットで情報を見たりはしてるけど。

「ねーねー、ずっと天気いいんだって！　いつ行くの？　ライオンいるとこがいい！」

「そうだなぁ」

「動物園に行くのか？」

「あ、はい。そういう約束してて。具体的な日にちは決めてないんですけどね」

場所は近場でいいかと思ってる。崚太郎くんはライオンとゾウとキリンがいればいいらしいし。

「お弁当持って行くんだよ」

「そうか」

崚太郎くんが勢い込んで身を乗り出す。動物園が楽しみすぎて若干興奮気味だ。その頭を統貴さんが撫でた。おお、撫でた！

いやー距離縮まってるなー。いい傾向だ。

「あのね、玉子焼きと唐揚げ入れてくれるって。あとね、おにぎり！　おにぎりはね、三角でシャケのやつなんだ。海苔《のり》ぱりぱりしてないやつ！」

そうそう、おにぎりの海苔はしっとり派なんだよ、崚太郎くん。だから作ったときに巻いていくつもりでいる。

「美味そうだな」

「あ、一緒に行きます？」

軽い気持ちで言ってみた。もちろん本気じゃなかった、のに――。

「そうだな」

まさかの答え！　驚いてるうちに、なんか車出すとかいう話になって、いきなりだけど明日行こうかってことになった。

急展開すぎて僕はプチパニックだし、崚太郎くんは大はしゃぎ。

「車、いいんですか？」

「そのほうが楽だろう。特に帰り」

確かに。疲れて眠っちゃうかもしれないからなぁ。寝ちゃった五歳児抱えて帰るのって大変だしな。

荷物もあるわけだし……うん。

「あ、チャイルドシートどうしよう」

「ああ、必要なのか」

統貴さんはスマホを弄《いじ》って、軽く頷いた後であっさり続けた。

「買ってくる」

「え？」

「そう高いものでもないらしいぞ。ついでに必要なものがあれば言ってくれ」

「あ……いや、大丈夫です」

行動力というか実行力にびっくりする。まぁでも、清水さんとの仲がいいほうに向かって、一緒に行動する機会が出来るようになったら、引き続き使うかもしれないもんな。

納得して、僕は弁当のことを考え始めた。

快晴だ。風も穏《おだ》やかで、ぽかぽか暖かい。絶好の行楽日和《びより》……なので、ちょっと混んでるかもしれない。

早起きして弁当作って、車を出してもらって約一時間半。予定してた都内の動物園よりもずっと広くて自然豊かなとこに来てる。駐車場も広いけど、ゲートに近いほうからスペースの半分くらいは埋まってるし、現在進行形でどんどん車が入って来てる。

統貴さんの車は国産の高級ＳＵＶだった。どれくらい高級かって言うと、このライン専用のコンシェルジュがいて二十四時間電話が繋がるシステムで、かけたら「おはようございます柳久保様」って綺麗な声の女の人が出たくらい。行き先言ったら向こうでナビの設定して送信してくれたり、店探したりしてくれた。峻太郎くんが静かに興奮してたし、僕もちょっとテンション上がった。

で、その峻太郎くんは昨日からテンション上がりっぱなしだ。まず車が格好いいもんな。途中で寄ったサービスエリアも楽しかったみたいだし、朝ご飯用に買ったサンドイッチを走る車のなかで食べたのも楽しかったらしい。清水さんもお祖母ちゃんも運転しない人らしくて、自家用車に乗った経験がなかったみたいでさ。

　ゲートをくぐって園内に入ると、家族連れであふれてた。友達同士もいるし、カップルもいる。うちみたいな編成は見当たらなかったよ。当然か。

「キリンだよ、キリン！　ちーちゃん見て、ほら！」

　峻太郎くんは声を弾ませても走り出したりはしない。若干歩くのが速くなる程度なのも、柵《さく》に張り付いて見てるのも可愛い。

「うちの甥だったら、振り切って走って行っちゃうとこだな」

「聞き分けがよすぎて心配になるが……」

「うーん、ここへ来て余計に空気読むようになったからなぁ……」

　多分だけど、お祖母さんと三人暮らしだった頃は、ここまでじゃなかったんじゃないだろうか。アパートではもう清水さんへの気遣いがすごかったし、いなくなってからさらに気を使うようになったんだよな。

　峻太郎くんは柵に張り付いて、キリンの動きを目で追ってる。大きい動物とか強そうな動物が好きみたいだ。

その後ろに立つ感じで僕がいて、並ぶようにして統貴さんが立ってる。

気がすんだのか、峻太郎くんは僕の顔を見た。移動していいかと目で尋ねてる。

「好きなように見に行っていいよ。ちゃんとついてくし、見たいのがあるなら言ってくれたら教えてあげるし」

「あっちの猿！」

ライオンは真っ先に見たし、ゾウもクリアしてる。後はもう峻太郎くんの気分次第で移動。

猿の次は、レッサーパンダだ。去年産まれた赤ちゃんの公開が始まったせいで結構な人気になってる。最前列には子供がずらーっと並んでて、場所取りが出来ない峻太郎くんの後ろ姿がせつない。おとなしいからなぁ、ずいずい前へ行けないんだよな。

抱っこするべきか……って、思ってたら斜め後ろで動く影が……！

「わっ……」

小さな身体がひょいっと浮き上がって、そのまま影——統貴さんの肩に。うわぁ、すっげー高い肩車。大丈夫かそれ、高すぎて怖いんじゃ？

ちょっと心配になるくらいの高さだけど当の本人はキャッキャッ言ってる。そうだった。子供ってわりとそういうの好きな子多いんだった。甥っ子もぶんまわしたり高い高いで放り出したりすると大

喜びだった。

この場で一番背の高い人だから、肩車だって当然そうなる。近くにいた同じ歳くらいの子供が気付いて羨《うらや》ましそうな顔をしていた。

どう見ても親子だ。周囲にいる人たちだって当たり前のようにそう思うはずだ。

だったら僕はなんだと思われるんだろう。統貴さんの弟かな。もし僕の代わりに清水さんがいたら普通に美形家族ってなるんだろうけど。

仲よさそうな二人を見てると、ほっこり温かい気持ちと疎外感みたいなものが同時に生まれる。実際赤の他人だしね。契約してるだけのシッターだしさ。

「ちーちゃん？」

ぼんやりとしていた僕は、高いところから声をかけられて我に返った。

「あー、もういいの？」

「うん。あのね、お腹《なか》すいた」

「じゃお弁当食べようか」

「うん！」

峻太郎くんは名残惜しそうに統貴さんの肩から下りた。少し歩くと広場があって、すでに何組もがレジャーシートを広げてた。

昨日買って来たばかりのシートを広げて、頑張って作った弁当を広げる。

リクエストのおかずに、アスパラベーコン巻きとかプチトマトとチーズを楊枝《ようじ》で刺したものとか、一応彩《いろど》りも考えてみた。

崚太郎くんは大喜びでいつもよりたくさん食べてくれた。シチュエーションで子供の食欲って変わるなと実感した。

統貴さんも結構食べてたな。言葉数は少ないんだけど褒めてくれたし、喜んでくれてたみたいだ。だんだん感情の動きが読み取りやすくなってきたかもしれない。


統貴さんの予想通り、崚太郎くんは帰りの車のなかで眠ってしまった。それも走り出して十分もたないうちだった。

外はまだ少しだけ明るい。家に着くまではまだかかりそうだ。

車中に会話はなくて、さっきから僕もかなり眠い。けど運転してる人に申し訳ないから必死で起きてる感じ。

頑張ってたら、ルームミラー越しに統貴さんと目があった。

「寝ていいんだぞ」

「いや、大丈夫です」

眠そうな顔してたみたいだ。あくびは堪《こら》えてたんだけどな。

「朝から弁当作りで大変だったんだ。遠慮しなくていい」

「えっと、じゃあ眠くなったら寝ます。疲れたけど、楽しかったです。今日はありがとうございました」

「礼を言うのはこっちだ。あんなふうに手作りの弁当を食ったのは初めてで俺も楽しかった」

「え？　そうなんですか？　いやでも、子供の頃の遠足とかは？」

ご両親は離婚したとは聞いたけど、確か五歳くらいまではお母さんいたんじゃなかったか？

「母は料理をしない人間だったからな。子供の頃から弁当といったら、朝早くからやってる近所のパン屋でサンドイッチを買って来て、詰め替えるだけのものだった」

それは離婚後も同じで、中学からは自分で買ってそのまま持って行ったそうだ。詰め替えるのも面倒だったらしい。

「自分で言うのもなんだが、かなり君に餌付《えづ》けされている気がする」

「餌付けって……」

「胃袋をつかまれるとはこういうことかと実感してるところだ」

「いや、そんな料理上手くはないですよ？　普通レベルなんだけど……」

外食するよりまとめて作って冷凍しておくほうが経済的だからそうしてるだけで、もともと料理上手だから手作りしているわけじゃない。レパートリーだって少ないし。たまたまそのレパートリーが二人の好みに合っていただけなんだけどな。

それと手作りだって喜んでくれるもんだから頑張っちゃってる感はある。業務用の冷凍食品のほうが安かったりもするけど、せっかく金出してもらってるからと思うと食材もいいもの使いたくなっちゃって。

「心なしか体調もいい」

「はい？」

「職場で愛想がよくなったと言われたし」

「それは胃袋とは関係ないですよね？」

一体外でなにを食べてたんだろう。僕が作ってるのは本当に普通のものだ。一応栄養バランスは考えてるつもりだし、野菜も工夫して入れてるけど……あ、そこか？　もしかしてこの人、外食のときは野菜食べてなかったのか？　うーん、あり得る。

「共同生活のおかげではあると思ってる」

「はぁ」

愛想は峻太郎くんと仲よくなった影響かな。そうだ、最初は子供嫌いとか言ってたじゃん。あれ、嫌いとまでは言ってなかったかも。

でも確かに表情が穏やかになった気がする。眉間に皺が寄ってるのも見なくなったし。あれは清水さんの行動に不快感を抱いてたせいかもしれないけどさ。

「予想外に楽しい生活で困惑しているところなんだ」

「そ……それは、よかったです」

上手い返しが浮かばない。コメント力のなさを実感してしまったな。仕事のときも、笑顔と愛想のよさだけで乗り切ってただけで、気の利いたことは言えない質《たち》なんだ。

でもなんか嬉しいな。僕だって楽しいと思ってたからさ。

自分が生きてくためだけのものじゃなくて、美味しいって言ってもらえる料理作って、笑いながら食べて……それってやっぱり張り合いがある。一人暮らしじゃ誰も褒めてくれないけど、峻太郎くんは全身で美味しいって言ってくれるし、統貴さんは料理以外のことも評価してくれるしさ。

この生活もあと少しって思うと寂しい。あと一週間くらいだもんな。

元の生活に戻ったら侘《わび》しさで凹《へこ》みそうだ。

それきり会話はなくなって、暗くなる頃に家に着いた。峻太郎くんを起こそうとしたけど、ぐっすり寝入っちゃって全然起きない。むにゃむにゃ言って、だらーんとしたまま。

仕方なく抱きかかえて車を降りて、駐車場の一角にあるベンチに座った。待ってろって言われたからそうしてると、車を入れて来た統貴さんが崚太郎くんを引き取った。

僕は荷物を持ってついて行く。ま、本当は崚太郎くん、起きてるんだけど、そこは僕も統貴さんも見て見ぬ振りだ。だって崚太郎くんの貴重な甘えモードだし。

そのまま家に入って、寝てる演技を続ける崚太郎くんと一緒にパパッとシャワー浴びて、歯磨きをしてからベッドに放り込んだ。必死で目をつぶり続ける可愛さに何度も笑いそうになった。

すぐに本当に眠っちゃったけどね。

「寝たのか？」

「はい」

統貴さんも自分の部屋でシャワーを浴びてきたらしく、髪が少し濡れてる。着てるのも部屋着だった。

「君も疲れたんじゃないか？」

「眠気のピークは過ぎましたよ。車に乗ってすぐがヤバかったですけど」

「だったら、少し飲まないか」

「あー、はい。じゃあ少しだけ」

酒は好きってほどじゃないけど、少しは飲む。ビールはちょっと苦手で、なんちゃらハイとかサワー系ばっかだけど。

リビングへ行くと、まさにレモンサワーとビールとハイボールの缶が置いてあった。好きなのでいいって言われたんで、迷わずレモンが缶に描かれたやつを取った。統貴さんはビールだ。

「動物園なんて、小学生のとき以来だったよ」

「どうでした？」

「意外とおもしろかった」

少なくとも退屈そうではないな、とは思ってたけど、本人の口からそう言ってもらえるとほっとする。誘った甲斐《かい》があるってもんだよね。

「なんか、よく似た親子って感じでしたよ」

「そう見えただろうな」

まんざらでもなさそう。意外とこの人、いいお父さんになるんじゃないかな。峻太郎くんみたいな、自分によく似た男の子を今日みたいに遊びに連れて行ったりしてさ。それとも奥さんに似た可愛い女の子にパパって言われてデレデレになったり？　さすがにそれはちょっと想像出来ないけど、十分あり得る未来だと思う。

あ、なんか……胸が苦しい。ちょっとだけだよ、本当にちょっとだけ。

「千遥、くん」

「え……？」

名前を呼ばれたことにびっくりしてしまった。だって初めてじゃん。ずっと「君」としか呼ばれてなかったんだ。

「どうかしたのか？」

「ど、どうって……」

「急に黙り込んで、どうした？」

「あー、いや、なんでもないです。ちょっと眠くなってきたのかも」

ぐっとレモンハイを呷《あお》って、急いで空にする。飲み始めたばかりだけど、早々に退散してしまおうと決めた。

疲れてたのと、もともと強くないせいで、一本空けただけなのに酔いがまわってきてる。あ、よく見たらアルコール分六パーセントだった。たまに飲むやつより度数高い。

あーだからかぁ。なんか、ふわっふわしてる。

「大丈夫か？」

「ですです。全然平気」

外ならともかく家だし、これくらい問題ない。

「俺が片付けておくから、もう寝ろ」

「片付けはします」

だってそれが仕事だ。僕がここにいるのは、崚太郎くんの世話がメインではあるけど、家事とかひっくるめてなんだから。

立ち上がろうとしたら、持ってた缶を取られた。なんで、って思いながら統貴さんを見て、僕はそのまま動けなくなった。

こんなに近かったっけ？　予想外に近距離から見つめられて、ただでさえ上がってた心拍数がさらに上がった。

なんで、そんな目すんの？　熱っぽく見えるのは酔ってるせいだよな？

ちか……近い！

綺麗な顔が寄ってくるのに動けなくて、ものすごく自然な感じでキスされた。リップ音とかしない、さらっと触れるだけのキスだった。

声も出なかったし視線も逸《そ》らせなかった。目を見開いたままキスされて、ああ睫《まつげ》長いんだなってどうでもいいことを思ってた。

なにも言わずに、統貴さんはまたキスをしてきた。酔ってるせいか僕は自然に目を閉じてそれを受け入れてた。

キスは別に初めてじゃない。だって付き合ってた子、いたし。でもオママゴトみたいな可愛い恋愛

だったから、それ以上のことはしないまま終わった。キスだってちょん、って触るだけでさ。なんか、舌入れる勇気もなくて。

「んっ……」

だから、こんなのは初めてだった。

唇を舐《な》められて、ぞわぞわっときたところに舌が入ってきて——。

口のなかも舌でなぞられて、背筋からあやしい感覚が這《は》い上がってくるから、無意識に統貴さんの服にしがみついてた。でも嫌じゃなかった。

気持ちよくて、もっとして欲しいと思ってしまっている。

なんでこんなこと、っていう疑問は頭の隅っこに押しやられてた。

いつの間にかキスは終わってて、僕は統貴さんの腕のなかでぼんやりとしていた。耳のあたりがくすぐったいのは、そこらへんに統貴さんの唇があるからだ。

心臓が全っ然落ち着かない。

「千遥？」

「よ……呼び捨て……？」

「嫌か？」

思わず首を横に振った。なんでいきなりこんな距離縮まってるのって疑問はあるけども、嫌なわけじゃなかった。ちょっとくすぐったいだけだ。精神的にも物理的にも。

ふっと統貴さんが笑って、思わずびくっと大げさなくらい震えてしまった。

いやだって耳に息が！

いまの反応でおもしろがらせてしまったのか、統貴さんは僕の耳朶《じだ》を軽く噛んでから、ぞろりと舌を這わせた。

「や、ぁっ」

ぞくんっと背筋が震える。いやいやいや待って、いまのなに？

「ずいぶん敏感だな」

「ち、違……っ」

なにが違うんだか自分でもわからない。本当にわかってない。二十歳も過ぎてって自分でも思うけど、いろいろと未経験なんだよ。ディープキスだってさっきのが初めてだし！　そう、どうせ童貞小僧だよ。あんまり興味なかったんだから仕方ないんだ。忙しかったし、そんな余裕もなかったし。

「続きは彩未が戻って来てからだな」

背中を撫でられた後、ゆっくりと離された。ぼうっとしたままの僕を寝室まで送り届けて、統貴さんは戻って行った。

ベッドでぼんやりしながら、さっきの意味を考えてみた。

キスをした。抱きしめられて、ちょっといやらしいことをされた。で、続きがどうのって言われた。なんで清水さんが帰ってからかと言えば、やっぱ同じ家のなかに峻太郎くんがいるからってのと、片が付くまではってことなんだろうけども。

「でも別に告白されたわけじゃないし……」

それっぽいことはされたけど、好きだと言われたわけでもない。大人なんだし、酒も入ってたから、ついその気になったってこともあるかもしれない。

統貴さんは恋愛とかセックスの対象に男も入ってるのかな。恋愛はどうかわからないけど、するだけだったら男でもいいのかも。

それとも僕が物欲しそうな顔でもしてたとか？

「わかんないな……」

大きな溜め息が出た。隣では峻太郎くんがすやすや眠ってて、いまは壁に頭を向けてる。相変わらずよく動くな。

とりあえず正しい位置に戻して僕も眠ろうと目を閉じた。

でもいつまでたっても寝付けず、悶々としてるうちに時間は過ぎていった。

ちょっとふらふらする。

結局あの日はいつまでたっても寝られなくて、明るくなってきた頃にちょっとうとうとしただけになった。

実はゆうべもあんまり眠れなかった。夜中から風がすごくて、一回音が気になっちゃうともう駄目でさ。

二日間で合計睡眠時間が三時間くらいってのは、さすがにちょっとヤバいかもしれない。ドラッグストアに行って、寝られそうなサプリとか薬とか買ってくるべきかな。

「ちーちゃん大丈夫？」

「大丈夫だよー」

にこっと笑顔を作った。昨日は統貴さんも含めてなんとかごまかせたけど、さすがに今日は無理か。顔色悪いのかも。

「お腹痛い？　熱あるの？」

小さな手が額《ひたい》に伸びてきて、ふふっと小さく笑いが漏れた。いやー可愛いな天使だな。

熱はないと思ったのかすぐに手は下げられたけど、相変わらず僕を見る目は心配そうだ。

頭のなかふわふわしてて、ちょっと身体は重い感じかなぁ。でも具合はそんな悪くないんだよ。なにかやっても、とんでもなく効率悪くなるっていう変な自信はあるけどさ。

「買いもの行こうか。牛乳なくなっちゃいそうだし」

「……うん」

スーパーまで歩くか、近くのコンビニですませるか。ああ、でもそろそろアパートを見に行ったほうがいいかも。郵便物とかチェックしたいし。

というわけで、てくてく歩いてまずアパートへ立ち寄った。まわりにビルが多いせいもあって、風がものすごい。

強風に閉口しながらもアパートへ行って、清水さんちを見てみた。特に変わったところはなくて、あれから一度も戻って来てはいないように思えた。ついでに元僕の部屋の郵便受けを覗《のぞ》いてみたけど、チラシくらいしか入ってなさそうだった。転居届を出してあるから当然なんだけど。

よし次は公園だ、と思いながら歩き出すと、叩きつけるような風が。これはちょっと公園やめたほうがいいかもしれない。

「公園さ、また今度にしよう」

「うん。風すごすぎるー」

峻太郎くんはぎゅっと手を握ってきて、僕の陰に半分隠れた。

スーパーに向かって歩いてると、前から見知った人が手を振りながら歩いて来た。山口さんだ。

「あっ、警察の人だ。こんにちは」

「こんにちはー」

お互いに足を止めて、挨拶《あいさつ》と近況報告をした。清水さんはまだ戻って来ないけど、気持ちが落ち着いて前向きになってることを教える。

ちょっと声が大きくなってるのは風と、近くの工事がうるさいせいだ。

ビルの外装工事かなんかで、がちゃがちゃと金属音が聞こえてくる。

「そうですか。ところで、顔色があまりよくない気がするんですけど大丈夫ですか？」

「あ、はい大丈夫です。ちよっと寝不足というか、風の音が気になっちゃってゆうべ眠れなくて」

「ああ、すごかったですよね。いまもだけど」

風で乱れる髪を押さえながら、山口さんは苦笑する。やっぱり公園は駄目だな。砂が目とか口に入ってひどいことになりそうだ。

「それじゃまた」

「気をつけて」

ぺこりと頭を下げて別れたその直後だった。

一際強い風がごうっという音と一緒に吹きつけてきて、とっさに足が止まった。同時にばさりと聞き慣れない音が聞こえて、女の人の悲鳴が聞こえた。

「危ない！」

山口さんの声だと思ったときには金属音も聞こえていた。

ガラガラ音を立てて金属パイプが降ってくるのを見て、僕はとっさに崚太郎くんを抱き込んだ。

肩とか背中にパイプが何回か当たった。ものすごい痛みってほどでもないのは、高さがたいしたことなかったからだろう。

強風に煽《あお》られて、足場に使っていたシートの止め具が外れてめくれて、まだ組んでなかったパイプが数本落ちてきたらしい。多分。

そこまではよかったんだけど、なぜだか身体から力が抜けて、僕はその場でしゃがみ込んでしまった。目の前が暗くなっていく。

あれ、なんだこれ。頭は打ってないはずなんだけど。貧血？

「ちーちゃん！」

泣きそうな崚太郎くんの声に顔を上げ、なんとか笑ってみせる。

「朝井さん大丈夫ですか！」

大丈夫なんだけど、身体に力が入らない。あれ、大丈夫じゃないのかな？　まだ二十一なのに、ちょっと寝不足なくらいで情けないぞ。

って思ってるうちにタクシーが呼ばれて、僕と崚太郎くんは病院に連れて行かれた。現場は別の警察官を呼んで任せて、山口さんが付き添ってくれた。移動中に統貴さんにまで連絡入れてたけど、ぼんやりとしすぎてて止めることも出来なかった。

峻太郎くんはずっと僕の手を握ってる。泣くまいと気丈に振る舞ってるのが健気で僕のほうが泣けてきそう。

医者の診察が終わった頃、統貴さんが血相変えて飛んで来た。診察室を出て、廊下のベンチに座ってすぐのことだ。

「あれ、仕事中じゃ……」

「よかった」

統貴さんは僕と峻太郎くんをまとめて抱きしめて、深い安堵《あんど》の息をつく。

一体どんなふうに説明されたんだろう。僕が大怪我《けが》をしたとか、事故に遭《あ》って大変とか、そんなふうに言われた？

困惑して統貴さんの肩越しに山口さんを見ると、うんうんと頷いていた。なにそれ。なにを満足してるんだ？

ああでも、なんか気持ちいい。安心して、ふうっと意識が遠くなってく。

広い肩口にこてんと凭《もた》れたら、もう駄目だった。

おやすみなさい。

目が覚めたら病室だった。峻太郎くんがべそべそ泣いていて、それを膝に乗せたまま統貴さんが心配そうに僕を見ていた。

「ちーちゃん！」

「医者を呼ぶから、動くな」

すぐにナースコールがされて、簡単に説明を受けた。

寝てるあいだに頭のＭＲＩ検査をされたらしいけど異状はなかったそうだ。まぁぶつけてないんだからそうだろう。でも傍《はた》からは頭に当たったように見えたのかもしれない。しかも意識なくしちゃったからなぁ。本当は寝ただけだけど。

「あの……多分、寝不足だったせいです。すみません。お騒がせしました」

恥ずかしいけど白状した。頭も打ってないと主張して、なんとか家に帰ることが認められた。ただし同居人が様子をよく見ること、って言われて。

タクシーで家に戻って、今日はなにもするなって言われておとなしくソファに座る。峻太郎くんはずっと僕のそばを離れなかった。

「君が眠ってるあいだに彩未に連絡をした」

「あ、そうなんですか」

「実は一度病院に来たんだ。君が峻太郎を庇《かば》って怪我をして意識不明だ……と言ったら、三十分もしないで来たよ」

「は？　え、いろいろ突っ込みたいことがあるんですけど」

　怪我って言っても湿布貼っただけの軽い打撲だよ。意識不明じゃなくて寝てただけだよ。それに、三十分で来た？

「かなり前から都内にいたらしいぞ。ホテルに泊まって、近くの飲食店を手伝ってたらしいな」

「都内だったんですか……」

「どこぞの海辺でぼんやりとしていたら声をかけられて、身の上は隠して無職の一人旅という体《てい》で話してるうちに、だったら店を手伝ってくれないかと誘われたそうだ」

　老夫婦の店を手伝ってるっていうのはそういうことだったのか。っていうか声かけられたのって、心配されてのことじゃないのかな。思いつめた顔した女の人がぼんやりと一人で海を眺めてたら、僕だって自殺の心配すると思う。

「なるほど。えーと、じゃあ峻太郎くんとはもう会ったわけですよね？」

「病院でな」

「いまはどこに？」

「警察で事情を聞かれている」

なんでもその場に山口さんがいたんで、そのまま連れて行かれたらしい。って言っても、文字通り話を聞かれて、説教されるだけみたいだけど。

「追い詰めるようなことはしないから心配するなと言っていたな」

「よかったです」

きつく言われてまた後ろ向きになったら困るしな。そのあたりは山口さんもわかってるんじゃないかと思う。

もうすっかり夕方だ。そういえば昼ご飯食べてなかった。崚太郎くんは統貴さんが売店で買ったおにぎりを食べたらしい。

「ちーちゃんのおにぎりのほうが美味しかったよ」

「どうしよう、可愛い」

ぎゅっと抱きしめて子供の体温を確かめる。もうこの生活も終わりなんだなって思うと、さすがに寂しい。

「夕食はデリバリーでいいな」

「ピザ？」

「そうするか。確か、パスタやリゾットもあったよな」

問答無用で僕はリゾットにさせられた。消化のいいものじゃないとって理由で。

統貴さんがネットで注文し終わった頃、インターフォンが鳴った。やんわりと叱《しか》られたらしい清水さんは少し悄《しょ》げていたけど、最後に見たときのような悲壮感はまったくなかった。統貴さんが兄としてしっかりと監督する、ってことで落ち着いたみたいだ。

そして僕に対しては平謝りだった。統貴さんには病院でさんざん謝ったらしい。

「元気になったなら、もういいです。僕も楽しかったし」

「本当にありがとうございました。さんざん甘えてしまってすみません」

峻太郎くんと統貴さんはよく似てるのに、あらためて見ても清水さんと統貴さんは似てない。パーツ一つ一つが全部違う感じだし、中身もそうだ。

なんていうか、清水さんはパステルカラーとか白とか似合う系なんだよね。印象も喋り方も柔らかい。口の悪い統貴さんに言わせると、甘ったれた喋り方ってことになるらしいよ。

うん、相変わらず一児の母には見えないな。下手すれば僕より年下に見える。って言っても一歳しか違わないんだけど。

峻太郎くんは清水さんの隣に座って、ずっと手を握ってる。ちょっと寂しいけど、それは仕方ない。心なしか凜々《りり》しい顔つきになってるしさ。

　それから少したってピザとかリゾットとかが届いたけど、僕はなにもさせてもらえなかった。なんと峻太郎くんに教えられながら清水さんが動いてくれたんだ。

「さすが賢い。いろんなものの場所、完璧に覚えてる。それに清水さんも手際がよくなってる気がする」

「比較出来ないからなんとも言えないんだが、そうなんだろうな」

　こそこそソファで話してるうちに飲みものとかの準備が出来て、四人での夕食になった。

　清水さんは相変わらず統貴さんのことが怖いみたいで目をあわせようとしなかったけど、峻太郎くんを中心に和やかな食事だったとは思う。

　清水さんはそのまま泊まることになった。

「あー、じゃ僕の荷物持って来ますね」

「いい、座ってろ。千遥が動かないように見張ってるんだぞ」

「はぁい」

　いいお返事をして、峻太郎くんは僕の服をつかみつつ隣に座った。なんで結託してるんだよ。使命感に燃えちゃって五歳児ノリノリだぞ。

　統貴さんはすぐに僕の荷物を持って来て、そのまま自分の部屋に向かうようだ。

「もういいぞ」

「りょーかいです」

「え？」

なんで僕、統貴さんに手を引かれてるんですかね？　なんでそのまま統貴さんの部屋に連れて行かれてるんですかね？

「ちーちゃん、おやすみー」

「おやすみなさい」

麗《うるわ》しい親子に見送られて、初めて統貴さんの部屋に足を踏み入れる。広々としてて、悪く言うと殺風景な部屋は、確かにここだけで生活が成り立つように出来てた。本当に二世帯住宅なんだなぁここって。

「さて」

　荷物を床に置いた統貴さんはベッドに腰掛けて、ぽんぽんと隣を叩いた。おとなしく僕はそこに座ることにした。指定された場所よりはちょっとだけ離れてみたけどね。

「そう身がまえるな。彩未が帰って来たらとは言ったが、さすがに今日はしないぞ。頭は打ってないらしいが、万が一ということもあるし」

「あの……それなんですけど、どういう意味に取ったらいいんですか？」

「は？」

なに言ってるんだこいつ、みたいな顔と声だった。

「え、だって……あれ？　僕そんな変なこと言いました？」

「どういう意味もなにも、口説《くど》いたつもりだったんだが？」

「だから、それはどういう？　かっ……身体、的な意味なのか、それともメンタル込みっていう意味なのかって、ことで……」

　これって重要なことだと思うんだ。変な誤解したくないから、最初にはっきりさせておきたい。

「言い方がまわりくどいが、つまりセックスだけの関係か恋愛対象として求められているかわからないという意味だな？」

「そ、そうです」

「恋愛対象に決まってるだろう」

　いや決まってないって。

「だって告白されてないし！」

「……告白」

　怪訝《けげん》そうな顔をした統貴さんは、そのうち急に合点《がてん》がいった、みたいな顔をした。そうして小さく「なるほど」と呟いた。

「そうか、日本《にほん》だと告白してから付き合うのが一般的か」

今度は僕が納得した。そういえば外国ではそうとも限らないと聞いたことがあったような。留学して向こうで就職したって聞いたし、この人の感覚はそっちなのか。

えーと、つまり統貴さんは——。

「いまから恋人ということでいいか？」

「それが告白？」

「なんだ、愛してると言わないと駄目なのか」

ふぅんと鼻を鳴らした後、統貴さんは僕を抱き込んでそっとベッドに押し倒すと、耳に唇を寄せてきた。いやそれ駄目だからーっ。

控えめにじたばたしてると、耳元で笑う気配がした。

「可愛いな」

「か、可愛くはない、ですよ？」

うろたえて目が泳いでしまう。ほかの人からも言われたことあるけど、それは女の人からだった。女性のお客さん——もちろん年上の——からの意味のない褒め言葉だと思って、特になにを感じることもなかった。

でも統貴さんからの言葉は全然違って聞こえる。照れくさくて落ち着かなくて、でも嫌な気持ちでもなかった。

「いや、可愛いぞ」

「崚太郎くんと一緒にいるから、同じく見えてるんじゃ？」

「もちろん崚太郎も可愛いが、同じなわけがないだろう。実を言うと、初対面のときからそう思ってた」

「は？　警察署の？　あれの、どこが？」

「崚太郎や彩未のために怒ってツンツンして、可愛いな……と。猫が毛を逆立《さかだ》てているみたいだった。いや、君はどちらかと言えば犬っぽいか？」

なにがどう統貴さんに作用したのかよくわからないし、猫とか犬とかもわかんないから聞かないで欲しい。

ひたすら困惑して黙ってたら、統貴さんはさらに追い打ちをかけてきた。

「子供の相手をしたり料理を作ったりする姿にぐっときた。なにかにつけて一生懸命なのも魅力的だな。気がついたら、手放し難《がた》くなっていた。自分でも戸惑ってるんだ。初めての感情を持て余し気味でね」

顔を離して、じっと見つめてくる目に僕が映ってる。意外とこの人の目は雄弁なのかもしれない。熱っぽくて甘くて、それでいてちょっとギラギラしてて。

大きな手が頬をするっと撫でた。

「愛してるよ、千遥。これからもそばにいてくれ」

ぞくぞく、って背筋が震えた。力が抜けて、なにか言わなきゃって思うのに言葉がこんがらがって出てこない。

いつもと全然違って甘い声なんか出しちゃってさ。見つめてくる目だって、熱っぽくて色気たっぷりで。

こんなの……捕まるしかないじゃん。そもそも逃げる気はなかったけど。

「ちょっとストレートすぎたか？」

そんなことないって、首を振ることで答える。

「出会って間もないのにと思うかもしれないが、本気だぞ。軽い気持ちで言ってるわけじゃない。だいたいこんなことを言うのは初めてなんだからな」

「は……はい」

「君がいない未来は俺にはもう考えられない。手放すつもりはないからそのつもりでいてくれ」

なんか告白の次は、プロポーズみたいなの来た。怒濤の展開に軽くパニック状態だけど、じわじわと嬉しいって気持ちのほうが強くなってきて、ふにゃりと顔が緩《ゆる》んでしまう。駄目だ。緊張感がないと評判のこの顔は晒《さら》しちゃ駄目な気がする。

俯《うつむ》くと、長い指で顎《あご》をすくわれた。

ドキドキして、もうどうしたらいいのかわからない。目を逸らしたいような気もするし、ずっと見ていたいような気もする。

はっきりしてるのは、嬉しいってことだ。それと——。

「だ……大好き、です」

やっと出てきた言葉は、まるで子供の告白みたいになってしまったけど、統貴さんは嬉しそうに笑って僕をきつく抱きしめた。

僕も広い背中に手をまわす。未来とかは考えたことなかったけど、このままずっとそばにいたいとは思うから。

「今日はこのまま眠ってしまえ。まだ顔色が悪い」

「……うん」

「我ながら理性的だと思うよ」

自分で言うな。

十時間以上たっぷりと眠って、僕は完全復活した。

ブランチは清水親子作のフレンチトーストツナサラダ添えで、お世辞抜きで美味しかった。定食屋の老婦人に教わったんだって。少し焦げたところがあったのはご愛敬《あいきょう》だ。

「じゃ、入居するのは来週頭でいいな。業者は手配しておく」

「お……お願いします」

話し合いの結果、清水さん親子は統貴さんが持ってる物件の一つに住むことになった。ここから歩いて十分くらいのとこで、中規模のマンションの１ＬＤＫだって。いつも行く公園からもスーパーからも近いらしい。

で、峻太郎くんは幼稚園に通うことになって、清水さんは引き続き老夫婦の店でランチタイムだけ働くことにしたらしい。ま、とりあえずってことみたいだ。そこで接客とか料理とか覚えたいんだってさ。店までは電車で一本だし、老夫婦もすごくいい人たちみたい。今度峻太郎くんも連れてみんなで食べに行こうかって話をしてる。

兄妹の関係は、劇的に……とまではいかないけど改善されたと思う。あいだに峻太郎くんが入ったおかげで、統貴さんの意識とか態度がかなり軟化したんだよね。

とはいえ二人の距離はまだまだ遠い。母親が同じというだけの知人から、可愛い甥の母親……になったくらい？　なんか妹っていう意識は低そう。そのへんはこれからだな。

「じゃ、また明日にでも」

「はい。お世話になりました」

ホテル暮らしをやめてアパートに戻るという清水さんと、清水さんにくっついて離れない峻太郎くんを送り出して、統貴さんとリビングに戻る。今日も統貴さんは休みを取って僕に付き添ってくれてる。念のため、らしい。

そういえばこの家で二人っきりになるの初めてだ。なんか落ち着かない。

すぐ隣に座った統貴さんが、当たり前のように腰に手をまわしてくるせいもある。うう、嬉しいけど恥ずかしい。

「どうした？」

「や、その……近い……」

「恋人の距離感として、なんら不自然ではないと思うが？」

「そ……そう、かも？」

納得はしたけど開き直れるわけでもないし、そう簡単に慣れるものでもない。ドギマギしながら、僕は固くなっていた。

多分だけど、統貴さんはそんな僕を見て楽しんでいるんだと思う。だから反応を確かめるみたいに、ときどき変な触り方をしてくる。

沈黙は心地いい。けど、密着してることには落ち着かない。

なにか言わないと……と思って、直面してる問題に目を向けることにした。清水さんが帰って来たから、いよいよ動かなければならないんだ。

「僕も住むとこ探さなきゃ」

アパートにあった家財道具はトランクルームに詰め込まれてて、部屋はもう明け渡してあるんだよね。期日過ぎちゃったから。統貴さんはトランクルーム代もオプションとして日給に上乗せしてくれてる。

独り言のつもりだったのに、いきなりガッと肩をつかまれた。

「どうして探す必要があるんだ」

「え？」

「え、じゃない。このままいればいいだろう」

「いや、でも……」

なんか目が据わってますよ。顔が整いすぎてるんだから、そういう表情はマジで怖いんですが。その分、笑顔の破壊力も相当なんだけどね。

「この無駄に広い家を活用すべきだと思わないか？」

「ずっと遊ばせてた人が言っても説得力ないです」

「一理あるな」

「でも置いてもらえるなら、嬉しい……です」

「よし」

統貴さんは大きく頷いた。最初からそう言えばいいんだよ、とでも言われてる気がしたけど、きっと気がしただけだろう。

住んでいいって言うなら、喜んで住むよ。一人暮らしに戻るのは寂しいし、統貴さんと一緒にいられるなら嬉しいし、ここって設備いいし。

「家賃は払いますからね」

「家事労働で払ってくれ。無理のない範囲でいいぞ」

以前は週一でハウスキーパー入れてたらしくて、それを戻すとか言い出した。つまり日々の軽い掃除と洗濯と料理でいいってことかな？　条件がよすぎる気もするけど、あんまりごねてもって思って受け入れた。

「それと就職先なんだが、俺のところはどうだ？」

「はい？」

「不動産収入のために法人化しているんだ。人に任せてるんだが、君が手伝ってくれるなら話を通しておく」

「いやー……それは最終手段ってことでいいですか。とりあえず自力で就活します」

全部を統貴さんに頼るのは嫌だからね。よし、体調もよくなったし、就職活動始めようかな。あ、宅建取れたら次は簿記取ってみようかな。

なんだか不満そうな統貴さんを宥《なだ》めようと思って、いつもより少し近づいてソファに座ってみる。

ぐいっと抱き寄せられたと思ったら、肩口で大きな溜め息が聞こえた。

「あと二日くらいは手が出せない」

「はい？」

「二、三日後に異変が起きることもあると言われたからな」

それって頭打った場合の話だよね。打ってないって何度も言ってるのに、覚えてないだけかもしれないって聞かないんだよ。意外と心配性みたいだ。

そういうとこも、ちょっと可愛い。

なるほど、このギャップに最初はやられちゃったんだな。年上の男の人にこんな気持ち抱くなんて、少し前まで考えたこともなかったけど。

自然と笑いがこぼれた。

「なんだ？」

「えっとですね、病院で言われたとか以前に、まずは僕の心の準備とかを考えてくれません？」

「……確かに」

確かに、じゃないよ。これってあれでしょ。どう考えても僕がされちゃうほうなんだよな？　いやいいけどさ。未経験者の僕に統貴さんをどうこう出来るとは思えないし、そもそも統貴さんがしたいって主張してるのに対抗する気もない。

いいよ、どんと来いだ。頑張って心の準備するから、ちょっとだけ待ってて。

「キスなら問題ないな？」

「ないですよ」

うっかりそう言ったばっかりに、昼間からすることじゃないっていうくらい濃厚なキスを延々とされるはめになった。

以来ことあるごとにキス責めになるとは、この時点では思いもしなかったよ。

統貴さんは本人も知らないだけで、ものすごいキス魔だったらしい。

全然嫌じゃないけどね。

愛になっても暮らしましょう１

「よーし、百まで数えるんだぞー」

「はぁい」

可愛《かわい》いお返事が浴室に響いた。言われた通りに肩までお湯に入った崚太郎《りょうたろう》くんが、声に出して数を数え始める。

入浴剤の色は崚太郎くんが気に入ってる水色。人工的な匂いだけど、まぁそれほどきつくないし、どうせすぐ消えちゃうから問題ない。

僕もざっと全身の泡を落としてバスタブに入った。

最初は普通に数えてた声が、後半にいくに従って速くなる。最後のほうなんて早口言葉みたいだった。可愛い。

一緒に出て、パジャマを着せた崚太郎くんと僕の部屋に行った。

「まだお話終わんないのかなぁ？」

「難しい話なんだってさ」

「ふぅん」

ベッドに座って、崚太郎くんはリビングのほうを気にする。もちろん見えるわけじゃないし、話し声も聞こえない。

いまリビングでは統貴《とうき》さんと清水《しみず》さんが話をしてる。引っ越しのためのいろんな手続きのこと……

って説明してあるけど、実際は統貴さんが僕たちの関係を清水さんに打ち明けてるところ。

「今日ってお泊まりじゃないんでしょ？」

「統貴さんが送って行くって言ってたから、眠かったら寝ちゃっても大丈夫だよ」

「わかった」

大きく頷《うなず》いて、峻太郎くんはベッドの上にころんと転がった。風呂に入る前から眠そうだったんだよね。

金曜日だからお泊まりだと思ったのかな。風呂に入ってくのは決まってたから、着替え持参だったしね。

いやぁ、強風による金属パイプ落下事件から怒濤《どとう》の数日間だったよ。ほんと、いろいろあったなぁ。

あ、事故を起こした会社の人が昨日来て、見舞金っていう名目の示談金をもらったんだった。治療費とかも出してくれたし、思ってたより金額も多くて去年の夏のボーナスくらいあって、ちょっとびびった。相場とかわかんないし。

家賃とか光熱費が浮いた上に、雇用保険が入って、その上見舞い金。働いてないのに金が増えるって不思議。

で、当初の予定をちょっと変えて、就職はいくつか資格を取ってからってことにした。前から目指してた宅建の試験は秋だから、まずは六月の簿記を取ろうかな、と。

「ちーちゃん、喉渇《のど》いちゃった」
「ん？　ああ、待ってな。なんか持ってくる」
「炭酸がいい！」
「あー……まぁ、ちょっとならいいか」

滅多にこういうこと言わない子だったから、つい甘くなっちゃうなぁ。相変わらず「わがまま」ってほどのおねだりじゃないけど、お母さんが精神的に安定してきたおかげなのか、峻太郎くんも子供らしい顔とか態度とかが戻ってきた感じ？　いや、お祖母《ばあ》ちゃんが亡くなる前のことは知らないんだけどさ。

そーっとキッチンに入って、静かに冷蔵庫を開ける。って言っても、当然二人とも気付いてこっちを見た。

統貴さんはいつものなにも変わらない態度だけど、清水さんはさすがに戸惑った感じ。嫌悪感みたいなものは見えない……気がする。

「峻太郎くんに、ちょっとだけ飲ませて大丈夫ですかね？」

コップとコーラを見せると、清水さんはぎこちなく頷いた。

「話は終わったよ。二人ともどうする？　少し話すか？」
「あー……そうですね。清水さんがよければ」

「あ、はい」

絶対話したいって感じでもなければ、話したくないって感じでもなかった。そういうところは相変わらず、主張が薄い。

峻太郎くんのことはコーラごと統貴さんにバトンタッチして、清水さんの向かい側に座る。

視線があわない。ちょっと困ってる感じ？

「ええと……」

「あの！」

いきなり顔上げて身を乗り出して、同時に普段よりも大きめな声出されて、少しだけびっくりした。

なんだか清水さんが勢い込んでる。こんなの初めて見た。

「嫌とかダメとか、そういうのはないですから……！」

「あ、はい」

「その……実は、ほっとしてるんです」

「はい？」

前半は理解出来たけど、後半はわからない。ほっとしたってことは、安心したってことだよね？

なにに？

じーっと見つめてると、彼女は言葉を選ぶようにしてゆっくり言った。

「なんていうか、その……朝井《あさい》さんなら私にも峻にも優しくしてくれますし、峻も懐いてるし……。私、人付き合いが上手《うま》くないから、もし兄が別の人と結婚したとしても、ちゃんとやっていける自信なかったので……」

なんとなく言わんとしていることはわかる。清水さんって、年配の人――定食屋のご夫婦とか――とは付き合えるのに、同年代だと上手くいかないらしい。同性とは昔からいろいろあったみたいだし。あ、確か同年代の男から下心なしで親切にされたの初めてだった、とか前に言われたことあったっけ。まぁ美人だし、基本的に自己主張弱い人だからなぁ。

統貴さんが言うには、一部の男には「守ってあげなきゃ」と思われて、別の一部には「思い通りになりそう」って思われるタイプらしい。うーん、なんとなくわかる。

とにかく清水さんとしては、悪くない報告だったみたいだ。現状維持大歓迎、みたいな感じなのかな。

「あの、兄に聞いたんですが、朝井さんはもともと男性が恋愛対象じゃない……と」

「はい。違いますね」

「そうなんですね……」

意外そうに言わないでー。なにそれはどういう感情なの。

「ええと？」

「ごめんなさい。実は、朝井さんが私に下心なく接してくださったのは、対象じゃないからだったのか、って納得してしまって。そうしたら、兄が違うと」

「はぁ」

「男が誰でもおまえに興味を示すわけじゃない、うぬぼれるのも大概にしろ……って、叱《しか》られてしまいました」

うわぁ、相変わらず厳しいんだな。バッサリ切ってる。そうか、僕はそういう統貴さんを全然見なくなったけど健在だったんだ。

一応フォローしとこう。

「うぬぼれというか……ずっとそういう経験してきたなら仕方ないのかなって思います」

ちょっと男性不信気味だもんな、この人。アパートにいた頃《ころ》も、僕以外の若い男の住人にはびくびくしてたし。

とにかく誤解は解けたようでなにより。

それに統貴さんとのことも、思ってたよりもすんなりと納得してもらえたというか、理解してくれたというか……いや、ありがたいんだけど正直拍子抜け。あからさまに嫌悪感示すことはないと思ってたけど、多少はぎこちなくなるくらいはあると思ってたんだよね。まぁ、本人も言ってたように安《あん》堵《ど》感《かん》のほうが強かったんだろうな。

僕との話は、そんなに長くなかった。恋バナを前のめりで聞きたがる人でもないし。

で、すっかり寝ちゃった峻太郎くんを連れて、なぜか僕まで送って行くことになった。マンションまではほんのすぐなのに。

「おやすみなさい」

部屋まで送って、二人して車に戻った。時間は九時四十分。金曜日の夜ってこともあって、まだまだ宵《よい》の口って感覚だ。いや、現在無職の僕が言うことじゃないけど。

「少し走ってから帰ってもいいか？」

「あ、ドライブですね。はい、もちろん」

いつも統貴さんがやってる趣味だ。ちょっと楽しみ。運転は苦手でなるべくならしたくないけど、車に乗ること自体は好きなんだよね。

一番近くのインターチェンジから高速道路に入って、車は東に向かった。

都心を抜けて、東京湾《とうきょうわん》にかかる道を走って、海の上のサービスエリアに立ち寄る。っていうか、千《ち》葉《ば》へは渡らないでここから引き返すつもりらしい。

駐車場には意外なほど車が停《と》まってた。あくまで僕が思ってたよりは、だけど。

「店とかは閉まっちゃうんですね」

この時間だと、ほとんどの店が終わっちゃってた。開いてるのはラーメン店とかの一部の飲食店とコンビニ、後はゲーセンみたいなとこ。どれも用はない。

「今度、開いてる時間に来ようか？」

「それより千葉まで行って海鮮食べたいです」

「それもいいな」

色気より食い気、とか思われてそう。

せっかく恋人になったのに、あんまりそういう雰囲気にならないんだよね。や、僕の経過観察期間が過ぎてないみたいで、手を出すの我慢……してるのかな？　よくわからない。キスもあれからしてないし。

急にふっと思うことがある。あの告白とかキスって、夢だったのかなーって。それくらい、あれ以来普通……というか、前と一緒。むしろあんまり目とかあわない感じ。

早くも後悔しちゃったとか？　我に返っちゃったとか？　油断すると、そういうネガティブなことを考えてしまう。

「こっちだ」

ついて行くと、船の甲板《かんぱん》みたいなとこに出た。いや本当に船にいるみたいだよ。展望デッキっていうらしい。

人は少なかった。まぁ時間が時間だし、景色って言っても夜の海は真っ暗で、遠くの町の明かりと車のライトが見えるくらいだし。でも雰囲気はいい。

「あれ、これってデート？」

「いま気付いたのか」

　笑われた。

　でもここで笑ってくれる人だから、好きになったんだ。こういうときってムッとしたり呆《あき》れたりって反応されても仕方ないのに。実際、中学のときやらかしてるからなぁ。僕的には学校帰りの寄り道だと思ってたら、彼女的にデートだった……みたいな感じ。

　中学生女子とアラサー男性じゃ、反応違って当然か。いやでも、大人だって誰もが統貴さんみたいに笑ってくれるわけじゃないと思うんだ。

　ちょっと前を歩く統貴さんは、誰もいないベンチに座った。手すり――っていうか海に向けられた位置にある木製のベンチで、背凭《もた》れが高くてベンチを囲うような作りになってる。背後の通路を歩く人からは座っている人が見えないようになってた。まぁ、ほとんど人はいないんだけど。

「寒くないか？」

「大丈夫です。長時間はきついかもだけど」

「そうだな」

　風が結構強くて体温奪われる。と思ってたら、ぐいっと抱き寄せられた。

「ちょっ……」

「誰も見てないし、別に見られてもいい」

「……うん」

寒いし、離れる気にはならなかった。

しばらく二人で夜の海を眺めるだけで、特に話もせずにそうしてた。ときどき人が後ろを通ったけど、座ろうとする人もまわり込もうとする人もいなくて、二人きりの空間を満喫出来た。

家で一緒にいるのとは気分が違った。こんなふうに腰を抱かれたりしなかったし。

ソファで並んで座っても、この数日はただそれだけだった。久しぶりに恋人っぽいことしてるな、って実感出来て、さっきまでの小さな不安も消し飛んだ。

「千遥《ちはる》」

甘い声で呼ばれて、ぞくぞくした。

ちらっと顔を上げたら目があって、一気に心拍数上がった。雑多な音が遠く聞こえて、うるさいくらいに自分の鼓動《こどう》が聞こえた。

自然に顔が近くなって、唇が触れる。ここが外だとか、少し前に人の話し声が聞こえたことだとか、全部忘れてキスに夢中になった。

気持ちいい。キスの気持ちよさってメンタル問題だと思ってたけど、そうじゃなかった。触られて刺激されて、フィジカルな部分でも気持ちがいい。

「ぁ……」

漏れた声は風に紛《まぎ》れていった。

唇が離れた後、僕はぐったりとして統貴さんの肩に顔を埋めた。なんだか力が出ない、というか抜けてしまった。

だって髪を撫《な》でてくるのが気持ちよくて、このまま寝ちゃいそう。寝ないけど。

どのくらいそうやってくっついていたのか、時間の感覚とかなくなってたからよくわからない。やっぱりちょっと寒いな、って思ったタイミングで、統貴さんが「帰ろうか」って耳元で囁《ささや》いた。

その声に、またぞくぞくっときた。

頭のなかふわっふわで、そのあたりから記憶は曖昧《あいまい》だった。記憶はあるんだけども、酔っ払ってるような感じで。

気がついたら、家のエレベーターのなかだった。

手を引かれて家に入って、そのまま統貴さんの部屋に連れて行かれた。そこでまたキスされて、頭がほわほわしてるあいだにベッドに押し倒されてた。

ああ、このままするのかな。風呂……は、さっき入ったっけ。

「一週間たったし、もういいかと思うんだが」

「ほんとに経過観察してたんだ……？」

「念のためな」

頭打ってないって、何度も主張したんだけどね。ああ、もしかしたら僕に心の準備とかさせる期間だったのかも。

なんて思ってたら、頬《ほお》を撫で撫でしながら統貴さんは神妙な顔をして言った。

「いいんだな？」

覚悟はとっくに出来てる。予備知識でも仕入れようかと思ったけど、かえって怖《お》じ気《け》づきそうだからやめた。変な知識入れちゃって、統貴さんとしてる最中に「あれ？」とか思うのも嫌だし。まぁ大まかなことは知ってるけどね。どこで繋《つな》がるか……とかくらいは。

「……うん。あ、でも明かりはちょっと……」

真っ暗にしろとまでは言わないから、常夜灯《じょうやとう》くらいでお願いします。

すぐに天井の照明は落とされて、フロアランプの柔らかい明かりだけになった。読書出来ない程度の、かなり抑えた光度だ。

それからはあっという間だった。

唇がしびれるくらいに長いキスをされて、そのあいだに服脱がされて、気がついたら真っ裸にされてた。本当に気がつかなかった。頭んなかは相変わらずふわふわで、そっちに意識向いてなかった、ってだけなんだろうけど。

あわさった口からくちゅくちゅって湿った音が聞こえて、とんでもなくエッチな気分になってくる。聴覚からも刺激されてる。

胸とか触られてもあんまりよくわからないけど、あちこち撫でられるのは気持ちいい。触り方優しいから、主に気分的な意味で。

んっ……と鼻から息が抜けた。

自分のその息、というか声に近いものが、思ってもみなかったほどイヤラシイ響きに聞こえて、僕の気分も引きずられていく。

指で弄《いじ》られていた胸にキスをされて、音を立てて吸われたり舐《な》められたりしているうちに、じわんと変な感覚が生まれた。

しびれるような、熱いようなそれ。

「ぁ、ん」

自然と声が漏れてた。

「感度がよさそうだな」

ふっと笑うような気配がした。声の調子も楽しそうな気がする。

感度って……ああ、そうか。いまのは感じたってことなのか。自覚した途端《とたん》に、気持ちいいっていう感覚でいっぱいになった。

「それって、いい意味？」

「ああ。だから、素直にな」

「んっ、ん……！」

弄られて尖《とが》った乳首に、軽く歯を当てられた。びくんと勝手に身体《からだ》が跳ねて、甘いその感覚が指先まで走り抜けていった。

統貴さんは胸を愛撫《あいぶ》しながら相変わらず身体中を撫でている。脇腹や腰、腿《もも》から膝《ひざ》って、絶妙なタッチだ。

膝まで下りた手が、今度は内側から腿を上がってくる。ぞわぞわしたすぐ後で、大きな手が僕のものを撫でた。

ヤバい。緩急《かんきゅう》つけて触られ……っていうか扱《しご》かれて、声が抑えられなくなる。

そんなとこを他人に触られるのなんて、記憶してる限り初めてだ。セックスなんだから触るのは当たり前なのかもしれないけど、恥ずかしくてしょうがない。けどそれ以上に気持ちがいい。

「ひぁっ」

指先で先端をぐりぐりってされて、シーツから背中が浮くくらい仰《の》け反ってしまった。

昔からそういう欲求が薄くて、自分でしてもそれほど気持ちいいものだとも思えなかったのに、なんかもう全然違った。

内腿が震えてもうちょっとでイキそう……ってとこまできたのに、急に統貴さんは手を離してしまう。

なんで、っていう目が、ちょっと恨みがましいものになった。……はずだった。

「そんな可愛い顔して見るな」

相変わらず目が曇っていらっしゃる。いや、顔はいいほうだっていう自覚はあるよ。でもさ、可愛くはないと思うんだ。

「声も可愛い。絶対に我慢するなよ」

統貴さんのなかで僕が「可愛い」ことは揺るぎないみたいで、やたら満足そうに何度も腹とか腿にキスして、痕まで残して、そのまま舌先をさっきまで指で弄ってたものに這《は》わせてきた。

ぞくんっ、と身体の芯が疼《うず》いた。

そのまま口に含まれて、さっきまでよりも激しく責められた。ヤバいくらいに気持ちがよくて、声が抑えられない。抑えるなって言われたから、いいのかな。

「あっ、あん……んっ」

またイキそうになって悶《もだ》えていると、あらぬ場所にぐぐっと異物が入ってきた。

喉の奥から悲鳴に近い息が漏れて、絶頂感が遠のいた。自分のなかで蠢《うごめ》くものがなにかってことに気付いて、泣きたい気持ちになった。

統貴さんのあの綺麗《きれい》な指が、あんなとこ触ってる。無理、恥ずかしくて申し訳なくて逃げ出したい。

「やっ、だ……それ、やめっ……」

痛いのも苦しいのも我慢するから、やめてくださいお願い。

僕なりの必死の懇願だったんだけども、統貴さんはまるっと無視した。聞こえてないはずないのに、よがり声の一種として処理したのかもしれない。

半泣きなのを宥《なだ》めようとしたのかうるさかったのか知らないけど、いつの間にか唇をキスで塞《ふさ》がれて、後ろを指でぐちゅぐちゅに弄られた。

キスは好きだ。すぐ気持ちよくなっちゃって、ぼーっとしてしまう。統貴さんが上手いのか、僕の体質なのかは知らない。けどそのおかげで、恥ずかしさはかなりごまかされた。

指でほぐされるうちに、だんだん異物感が消えていって、代わりにむず痒《がゆ》いような変な感覚が絶えずしてる。

それに、触られるとヤバい場所があって、指先でトントンされるともうたまらなかった。

自然と腰を捩《よじ》りたくなって軽くもがいてたら、統貴さんに押さえ込まれてしまった。

ひどい。別に逃げるとかいうんじゃなかったのに。

「ん、んーっ」

問題の部分をしつこく責められて、頭のなかが真っ白になった。足の指先がぎゅうっと曲がって、なにがなんだかわからなくなる。

イッたらしい、って理解したのは、ずっと後になってからだ。

半分意識を飛ばしてた僕は、キスから解放されたことも脚を抱え上げられたことも気付かずに、ただぼんやりと宙を見つめてた。

ぐっ、と身体が開かれて大きなものが入ってきた。

我に返ったけど僕の反応は鈍くて、どんどん奥まで入ってくるのと比例して頭がクリアになっていく感じだった。

「あ、あっ……」

肺から押し出されるみたいな声が出る。息でしかないはずなんだから、妙に悩ましげに聞こえたのは気のせいだ。

覚悟してたより、あっさり繋がってしまった。もっと痛いと思ってたのに、そこまでではなかったし、自分のなかのなにかが崩れるとか変わるとか、そういったこともない……気がする。

なんだかほっとした。

「大丈夫か？」

「うん」

統貴さんはすぐに動いたりせずに、髪を撫でたり、投げ出されてた僕の手を取って手のひらにキスしたりした。

いいよ、って意味で、統貴さんの首に手をまわす。

合図のつもりだったのに、しっかりした身体に触ったら唐突《とうとつ》にきゅんとなって、逃げるように目を伏せてしまった。

こんな格好しといて、いまさら恥ずかしいもなにもないだろって思う。けど、思っちゃったものは仕方ない。

「ゆっくりな」

そう言って、統貴さんは本当にゆっくりと突いてきた。浅かったり深かったり、弱いとこ突いてきたり――。

初めてなのに気持ちいいなんて、引かれたりしないかな。ちょっと心配になって反応しないように頑張ってたら、いきなり激しく弱いとこを連続で突き上げられて、悲鳴じみた声が出た。

「やっ、あ……ああっ、ん」

ぎゅっとしがみついたら、よしよしって感じで背中を撫でられた。

読まれてる。というより僕がわかりやすいのか。

その後はもう、容赦なく責められた。熱いんだか気持ちいいんだかわかんなくなって、ひいひい言いながら必死に統貴さんに縋《すが》って。

胸とかいろいろ同時に愛撫されて、かなり深々と突き上げられたのを引き金に、僕はあっけなく二度目の絶頂を迎えた。

「あ、ぁっ——！」

きつく締め付けたからか、統貴さんもイッたみたいだった。

小さく呻《うめ》く声が聞こえた。そういう声まで、めちゃくちゃエロいんだもんなぁ。

なんて余韻に浸りながらぼんやりしてたら、抱きしめられて耳とか頬とかにキスされて、ますます気持ちよくなってきた。

このまま眠っちゃいたい。

というのは、かなり甘い考えだった。


「朝メシだ。食えるか？」

統貴さんの声が聞こえる。カチャカチャと食器の音がして、コーヒーのいい香りが漂ってきた。

「……朝じゃないし」

午前十一時半は、もう朝じゃないしブランチでもないんじゃない？　早めのランチだよ。だって店とかでもその時間はランチタイムじゃん。

起きたのが三十分前だった僕のせいなんだけども、そもそもそんな時間まで寝てたのは眠るのが遅かったからで、なんで遅かったかと言えば統貴さんがしつこかったからだ！

そう、しつこかった。よく言えば情熱的だった……ってことになるのかもしれない。

思い出しても顔が熱くなる。顔どころか身体まで熱くなりそう。

「やんちゃがすぎる……」

あんなクールそうな顔してるくせに。普段は落ち着いた大人でございって感じのくせに。

「初めて言われたな」

トレイに載ったカフェオレと、よく買うパン屋さんのサンドイッチ。今日は玉子とハム野菜だ。

ぐうっと腹の虫が鳴って、誘惑に逆らえなかった僕は起き出してベッドの上で食事を取ることにした。

ちなみにここで食べるのは初めてじゃない。昨日も一昨日も、ここでブランチだった。

「会社どうしたんですか」

「有給を取った」

しれっと返してきたけど、恋人の世話焼くために仕事を休むのはどうかと思う。いや、世話というか、ぎりぎりまで「やる」ためか。

「がっつきすぎじゃないですか。大人としてどうなんですか」

声がまだざらついてる。けどマシになったほうだ。スプーンですくった蜂蜜《はちみつ》を何度も口に突っ込まれただけのことはある……のかな。

「付き合いたてなんだから仕方ないだろう。おまけに、しばらくお預けをくらっていたわけだし。我慢の反動というやつだな」

「いい大人なのに……」

「体力は千遥よりあるつもりだぞ」

「知ってます」

嫌というほど思い知らされましたとも。体力というか、精力？　なんかもう男という生きものとして僕は全然この人に敵《かな》わないんだなと実感させられた。本能的な部分でね。うん、根本的な生命力ってものが違うんだって実感した。

「人間でよかった」

「なんの話だ」

「えっと、僕が野生動物だったらいろいろ詰んでるタイプだったなー、って」

妙なこと言い出したな、って顔をされたけど、深く追及はされなかった。どうせくだらないことだから、そうしてくれて助かった。

それにしても天気がいいな。空が綺麗だ。絶好のお出かけ日和《びより》なのに、体力的に出歩けるような状態じゃない。

はぁ、と溜《た》め息をついて、残りのサンドイッチを食べた。玉子の塩加減が絶妙だ。温《ぬる》くなってたカフェオレはがぶ飲みした。

「ごちそうさまでした。統貴さんのお昼は？」

「適当にやるから気にするな。本でも持ってくるか？」

「あー、じゃあ簿記の……お願いします」

「わかった」

いまはとにかく勉強だ。ベッドのなかだからそれしかない。あ、ついでに充電器持って来てもらおう。スマホの電池がヤバい。

持って来てもらってすぐに、統貴さんは会社の人から電話があってリビングへ行ってしまった。

もそもそと着替えてからテキストを広げてると、ぴこんと着信音が鳴った。

「わ、お姉ちゃんだ……珍しい」

上の姉は里枝《りえ》といい、いまは福岡《ふくおか》で働いてる。二年前に転勤になって、たまに向こうの名産品とか送ってくれるんだけど、いまは昼休みかな。

このあいだ、姉二人と母親にいまの住所を知らせたんだよね。父親は一緒にいる母親に言えばいいかと思って連絡しなかった。どうせリターンないし。

「うーん……」

これは、ちょっとあれだなぁ。

アプリ開いて文章見たわけじゃないけど、着信した瞬間にちらっと見た限り、いまの住所に疑問を抱いたっぽい。「住所、間違ってないんだね？」って書いてあったから。

とりあえず、返信しとこう。

どうやらお姉ちゃんはここの住所で検索してみたらしい。そしたらデカい商業ビルが出てきたから、なんじゃこりゃ、ってことになったそうだ。

ということで、下の姉・美香《みか》姉ちゃんを交えて三人で話すことになった。もちろんオンライン。

一応、事前に統貴さんには言っておく。もし大丈夫そうだったら途中参加してもらうってことで話もつけた。

「大丈夫か？」

「と思います。母もそうなんですけど、うちの姉たちもそのへん柔軟なので。もう大人なんだから個人の自由だろ、くらいだと思います」

約束の時間は八時半。二人の都合でそうなった。

時間通りに通話が来て、ぱっと目の前に上下に並んだ二人の顔が映った。

「久しぶりー」

二人の姉は、わりと似てる。間違われるようなことはないけど、一目で姉妹だってわかる顔立ちで、弟の僕が言うのもなんだけど美人だ。上の姉のほうは知的で、下の姉は華やか……とか言われてるみたい。

『元気でやってるの？』

「うん」

『いま、どこにいるの？　例の住所のところ？』

「そうだよ」

お姉ちゃんと話してると、美香姉ちゃんも切り込んできた。

『姉さんに言われて、さっきあたしも検索してみたよ。なんかすごいビルじゃん。っていうかさ、あれ商業ビルじゃないの？』

「そうなんだけど、最上階だけ住居なんだ。えっと、オーナーさんが住んでてね。僕はなんていうか……居候《いそうろう》？」

『なにそれ。どういう状況？』

「話すと長くなるんだけど」

僕は清水さん親子との関わりから、統貴さんとの出会い、ここで三人の生活が始まったこと、事故から清水さん帰還までを掻《か》い摘まんで話した。姉たちはとりあえず口を挟まず、相づちだけ返してきた。

『つまりそのまま居座らせてもらってるってことね？』

『無料の家政婦でしょ』

「そうとも言えるかもしれない」

『幸太《こうた》の世話で身につけたスキルが生きたじゃん』

ちなみに幸太っていうのは甥《おい》っ子の名前だ。さっきから何度か、ちらちらと美香姉ちゃんの後ろに映り込んで手を振ったりピースしたりしてた。元気そうだった。ちょっと見ないあいだにまた大きくなってた。

『で、仕事は？　まだ見つからないの？』

「資格取ってからにしようと思ってて。建設会社から見舞い金もらったし、ちょっと余裕あるんで、まず資格取っちゃおうって話になってさ」

『誰とそんな話になったのよ』

「統貴さん……清水さんのお兄さんと」

『試験っていつよ』

「簿記が六月。で、宅建は秋。余裕あったら、パソコン関係のなにかも取ろうかなって思ってるところなんだけど」

『ちょっと、秋までニートのつもり？』

「ニートじゃないですぅ。求職活動はするし、資格ゲットの勉強してるし」

お姉ちゃんひどいよ。もちろんニートの定義はわかってて言ってるんだろうけどさ。

『ねぇ、大丈夫なの？』

美香姉ちゃんのトーンが少し低くなった。目のあたりがちょっと険しいというか、心配そうな顔になってる。

「大丈夫だよ」

『ちょっと話が美味《おい》しすぎるというか。その人……五歳児の伯父《おじ》さんって人、どういうスタンスなわけ？』

美香姉ちゃんの言葉に、上の画面のなかでお姉ちゃんもうんうんと頷いてる。まぁ、そう思うのも仕方ないのかなぁ。

言わなくてすむなら黙ってようと思ってたけど、これは無理らしい。

「えーと、ですね。その……お付き合い、することになりまして」

『………』

一瞬の間があった。で、次にふうと溜め息をついたのがお姉ちゃんで、やっぱりかと呟《つぶや》いたのが美香姉ちゃんだった。

「やっぱり？」

『話を聞きながら、そんな気はしてた』

「どこにそんな要素あったっけ？」

『お兄さんの話が出たときだけ、顔が違ったもん』

わぁ、さすが美香姉ちゃん。相変わらず鋭い。お姉ちゃんは「そうだったっけ？」みたいな顔してる。

それにしても、顔に出てたか。これは自覚しておかないと。

『ちゃんと考えたんでしょうね。流されてない？　大丈夫なの？』

「考えたし、流されてないよ。大丈夫」

『相手の人、いくつだっけ？』

「二十八」

『よし、ギリ年下か』

と言ったのは美香姉ちゃん。弟の相手が年上なのは、なんとなく気分的にしっくり来ないんだって。

なんだそのこだわり。

『で、その彼氏はゲイなの？』

「違うみたいだよ。男と付き合うのは初めてだって言ってた」

ざっくりと、都合のいい部分だけ説明しておく。嘘《うそ》は言ってない。

統貴さん曰《いわ》く、彼女のようなそうでないような相手は過去に何人かいたらしい。それはセフレってやつじゃないのかと尋ねたら、少し考えてから「精神的に浅い付き合いの彼女」とか言い出した。なんだそれ。

しかも同性とセックスした過去もあったらしい。だから慣れた感じがしたのかって納得したけど、気持ちはちょっとだけ複雑だった。そちらは間違いなく割り切った学生時代の関係で、卒業後は一度も会っていないとか。つまり統貴さんに言わせると「男と付き合ったことはない」ということになるそうだ。

ある意味予想通りかなぁ。だってあの容姿なんだから、それなりの経験があるのは当然というかね。むしろ覚悟してたよりマシだった。

気にならないって言ったら、嘘になるけど。

だってさ、統貴さんのことだから、きっと過去に付き合った相手も美人だったりイケメンだったりするんじゃないかな、とか。洗練された大人なんじゃないかな、とか。

僕はさ、自分で言うのもなんだけど、そこそこだから。成人はしてるけど、大人って言い切る自信もない。いろいろな面で見劣りしちゃってると思う……。

『ちょっと千遥。どうしたの？　意識どっかいっちゃってるよ』

「えっ、あ……なんでもない。えーと、なんだっけ？」

『だから、どういう人なのって聞いてるの』

「クライバーっていう外資系の製薬会社の人で、両親は亡くなってて、遺産でビルとかマンションとか持ってて、それで性格はクールで優しくて……」

　僕が言えば言うほど、お姉ちゃんたちは眉間《みけん》に皺《しわ》を寄せていった。恋に浮かれてるやつの言い分なんて信用ならない、とか思ってそう。

「あー、じゃあ直接話してみる？」

『いいの？』

「うん。そういう流れになったら呼ぶってことになってるから」

『あら、ちゃんと覚悟出来てるのね』

『呼んで呼んで』

　特に美香姉ちゃんがノリノリだ。いや、はっきり出さないだけでお姉ちゃんも前のめりの姿勢なんだとは思うけど。

　僕は急いで統貴さんの部屋に向かった。

「すみません。姉たちが会いたいって言ってるのでお願いします」

「反応はどうだった？」

「だいたい予想通りです」

喜んでるわけじゃないけど、反対するわけでも嫌悪感を示すわけでもない。ただ心配してるだけだった。

同性だからってわけじゃない気がするんだよね。相手が女の人でも同じだったと思う。

軽く頷いて統貴さんは立ち上がった。

二人で僕の部屋に戻って、並んでベッドに座る。これを見越して、最初からミニテーブルを持ってきてスマホをセットしたんだ。

「初めまして。柳久保《やなぎくぼ》統貴と申します。千遥くんとお付き合いさせていただいています」

統貴さんは神妙な態度で、とても礼儀正しく言った。こうしてると好青年感が数十倍増しくらいになるな。普段は正直、そういう印象ないから。

『姉の里枝です。千遥がお世話になっております』

『同じく姉の美香でーす』

真面目《まじめ》な顔してるお姉ちゃんに対して、美香姉ちゃんは満面の笑みだ。手まで振ってる。ただしなに考えてるのかはわからない。

『あの、まず確認させていただきたいんですけど、弟とは真剣に交際しているってことでいいんですね？』

「もちろんです」

『そちらに不都合はないんでしょうか？　たとえばご家族ですとか、会社とか』

「家族は父親違いの妹と甥だけです。会社はわざわざ言うつもりもないですが、知られても問題はありません」

　統貴さんは社名と、会社の方針というか社風というか、まぁそのへんを説明して心配ないと言い切った。ついでに清水さん――彩未《あやみ》さんともすでに話をして理解を得ていることも。

　お姉ちゃんは大きく頷いて、ぺこりと頭を下げた。

『いろいろとうるさく質問して申し訳ありませんでした。納得しました。ふつつかな弟ですが、よろしくお願いします』

「いえ、こちらこそ」

『で、決め手はなんだったの？』

　おっと美香姉ちゃんもうタメ口！　いや、確かに年上だし、この人はもともとそういう感じだから取り繕《つくろ》うの面倒になってきたんだろうな。

　統貴さんは気にしてなさそうだ。よかった。

ところで決め手とは？

『なんで、千遥なのかなって。だってあなた相当モテるでしょ。その顔と資産と社会的な立場があれば、うんざりするほど相手が寄ってきそうじゃない？』

「決め手というか……ずっと一緒にいたいと思えたから、ですかね。後は、千遥が自分以外の相手を見るのが死ぬほど嫌だと気付いたので、これは捕まえておくしかないな、と」

『ふーん、なるほど』

「納得していただけましたか？」

にっこりと笑う統貴さん、超レア。ちょっと怖いくらい。

『まぁね。束縛系にならないなら、いいんじゃないかな。ほら、ストーカー化するタイプとか怖いじゃない？　後はＤＶとか」

「美香姉ちゃん！　あ、統貴さんごめんなさい、なんか……」

「いや、心配されるのは当然だよ。そのあたりは信じていただくしかないんですが、お姉さん方の前でお約束します。大事にしますので」

『ほどほどにお願いしますね』

『可愛い弟なんだから、頼むね』

「もちろんです」

「ちょっ、恥ずかしいからもうやめて」

目の前で恋人と姉にこんな話をされるのは思ったよりきつかった。恥ずかしいというか照れくさいというか、いますぐ走り去ってしまいたいというか……。

まさか美香姉ちゃんの口から「可愛い弟」なんて言葉が出るとは思わなかった。統貴さんを牽制《けんせい》するためなんだとは思うけど。

でもまぁ、お姉ちゃんたちが納得してくれてよかった。

急に雰囲気が和《なご》やかになって、こっちに来たら遠慮なく訪ねて来てくれーみたいな話になった。

本当によかった。統貴さんが猫被《かぶ》ってたおかげもあるけど、かなり上手くいったよね。肩の荷が下りたよ……。

姉たちとのやりとりがあって以降、特になにごともなく毎日は過ぎていった。

あ、福岡からいろいろ届いたよ。明太子《めんたいこ》とかお菓子とかいろいろ。お菓子は峻太郎くんにあげたら超喜んでた。

あ、その峻太郎くんは元気に幼稚園に通ってる。友達も出来たみたいで楽しそう。どうやら女の子にモテモテらしいよ。まぁイケメンだもんな。

清水さん——少し前に彩未さんと呼ぶことになった——は、例の老夫婦のところでランチタイムだけ働いてる。もともとあの人、働かなくても当面生きていけるくらいの資産あるんだよね。遺産とかで。

で、順調に料理の腕も上がってるみたいだ。峻太郎くん情報ね。お弁当になにが入ってたとか晩ご飯のおかずはあれだったとか、そういう話から推測。

ちなみにママ友も出来たらしい。同じく母子家庭の人と親しくなったみたいで、その人がよくしてくれるみたいだ。

僕は簿記二級を無事ゲットした。三級と同時に受けたから、両方合格したんだけどね。働いてる人は合間に勉強しなきゃいけないから大変だよね。

そうそう、今度情報セキュリティの試験も受けようと思ってほかのと平行して勉強中だ。プラスして統貴さんに英語を習ってる。

その統貴さんとの仲は……うん、順調です。相変わらず優しいし、大事にしてもらってるなーと日々実感してるとこ。

「用意出来たか？」

「いま行きまーす」

今日は外で食事しようってことになって、ルームウェアから着替えた。前から持ってる白いTシャツに薄いグレーのニットジレ、と濃いグレーのパンツ。ぶっちゃけて言うと去年マネキン買いしたやつだ。しかもトータルで一万円くらいだった。

行くのはカジュアルな店だから大丈夫なはず。そういうとこしか行かないんだけどね。高級店とか無理。

これから行くのは、ビストロっぽい感じのところ。アラカルトのメニューが豊富で、一皿のポーションは少なめで、食事より飲みに来てる人が多そうな店だ。

だから僕たちも今日はタクシーを使う。

外へ出ると、ものの数秒で空車が通りかかった。乗車時間は十分くらいで、店は繁華街を離れた住宅街の一角にあった。大きな看板は出てないし、建物も普通の住宅っぽい。実際、住宅として建てたものを改装してるんだと思う。

予約の名前——柳久保を言うと、奥まった席に案内された。店内はほどよく照明が抑えられてて、ジャズが静かに流れてる。曲名はわからないけど聞いたことがあるやつだ。

　僕は食べたいのを三つ言って、後はお任せ。ワインとかわかんないし、店の人とのやりとりに慣れてないから。

　いつも思うけど、統貴さんはスマートだ。オーダーの仕方も、ワインを選ぶやりとりも、洗練されてて大人だなって思う。

　店の雰囲気は適度に賑《にぎ》やかで、でも落ち着いていて、とてもいい。多分、今日の客で一番若いのは僕だと思う。ざっと見た感じ、三十歳前後の人が多そう。男女比は二対八くらいかな。女性客だけのグループもいる。

　つまり男だけの席は僕らだけってことだ。

「どうした？」

「え？　ああ、大人っぽいとこだなって思って」

　大人っぽいけど高級って感じでもなくて、一言で表すとおしゃれ。

　統貴さんってかなり金持ちだと思うんだけど、散財してるのは見たことがない。服とかはいいもの着てるし、家具とかも高いんだとは思うけど、無闇に金使ってる印象はないというか。必要を感じれば惜しみなく使うタイプなのかも。

「隠れ家っぽい」

「まぁ、そうだな」

「場違い感半端《はんぱ》ないです。あ、僕だけですけど」

「そうか？　意外と馴染《なじ》んでると思うぞ。千遥は雰囲気が落ち着いてるからな。見た目は相応なんだが」

だったらいいんだけどね。ただ浮いてなくても、僕らはちょっとだけ目立ってるみたいだった。入店したときに、統貴さんを見て一部のテーブルがざわっとして、視線が追ってくるのがわかったし、いまもたまに一部の客がこっちを気にしてる。

当然だし、多少は慣れてきた。けど、嬉《うれ》しくないのは相変わらずだ。

僕の恋人は格好いいだろー、なんて優越感に浸れるほど暢気《のんき》でもないし、自分に自信があるわけじゃない。釣《つ》り合い取れてないよね、って実感するだけだ。

ほんと、いちいち格好いい。グラス傾けるしぐさも、動く喉仏も、カトラリーを持つ指だって、全部絵になる。もの食べてる姿がエロいのも反則。いやこんなふうに感じるようになったの、恋人になってからだから、僕の目があれなのかもしれない。

最初の頃は、一緒にご飯食べてたってなんとも思わなかったのにな。ちゃんと食べてくれて嬉しいとかは思ったし、好みを探ろうって見てたことはあったけど。

「……うん、美味しい」

タコのアヒージョは僕が食べたくて頼んだやつ。オリーブオイルをバケットにつけるのもいい感じ。今度、家でも作ってみようかな。検索すればレシピはいくらでも出てくるだろうし。

とか思ってたら、統貴さんがじっと僕のことを眺めてた。テーブルに肘《ひじ》を突いて、どこか楽しそうに薄く笑ってる。

「な、なに？」

「いや、千遥が楽しそうでなによりだ」

「そんな……ことも、なくはないけど……」

ちょっと前までほんの少しブルーでしたけどね。なんていうか、気持ちがジェットコースターなんだよ。些細《ささい》なことで落ちて、浮上して……の繰り返し。ただし統貴さんに関することだけだから情緒不安定ってわけじゃない。

とりあえず目の前の料理に集中することにしよう。

運ばれてきた鴨肉《かもにく》のロティってやつは統貴さんのオーダーだ。肉の色が綺麗だなー、これはとてもじゃないけど作れる気がしない。

うまうま言って食べてる僕を、統貴さんは相変わらず楽しそうに眺めてて、予想外に熱いその視線にたじろいでしまった。

ドキドキしてしょうがない。

なんでこんなに翻弄《ほんろう》されちゃうんだろうか。統貴さんの余裕が悔しい。

必死で平静を装って食事を進めて、デザートまで食べる頃には、店内の客は半分以下になってた。僕たちはスタートが遅かったからね。

店の外へ出ると、あたりはとても静かだった。幹線道路までは少し歩くみたいだ。あえてタクシーを呼ばずに、散歩がてら歩いて帰ろうっていう話になった。

ルートは裏道だ。人はときどき通るけど、車は滅多に来ない。僕はこのへんにくるの初めてだから、統貴さんについていてくだけだ。

特に話すこともなくて、たまにぽつぽつ言葉を交わして、結構ゆっくりめに歩く。ただ家に帰ってるだけなんだけどデート気分だ。レストランにいるときと違って人目があんまりないせいか、気分的にゆったりとして、二人っきりを楽しめる。

家で本当に二人だけのときとは、またちょっと違うんだよね。おうちデートとかもあるけど、一緒に暮らしてるとさすがにデート感ないし。

あ、ドライブは楽しいよ。週二ぐらいで、二時間とか三時間くらいでバーッと走ってサービスエリア寄って帰ってくる、ってのをやってるんだ。

「なんか、デートっぽい」

「デートだろ？」

「普段、あんまり二人で歩いたりしないじゃないですか。だから新鮮なんですって」

「確かに機会がなかったな」

ふっと笑う顔がまた格好いい！　って、僕は毎日こんなふうにやられちゃってる。日によっては何度も。

のろける相手もいないから、一人でじたばたするしかないのが辛《つら》い……。

なんとなくだけど、恋人になった頃より、いまのほうが統貴さんのこと大好きになっちゃってる気がする。いちいちドキドキするし、気がつくと統貴さんのこと考えてる。

セックスするのも好き……って言い切るのは恥ずかしいけど、実際嬉しいし、その……気持ちいいし。

いまでも週に何回もしてる。週末はちょっと回数多め……えーと、家にこもって、やって寝て食べて、またやって……みたいな感じ。

うわぁ、思い出したら顔が熱くなってきた。手で扇《あお》いで風を送ってたら、くすって隣で笑う声がした。

「百面相は終了か？」

「……見てたんですか」

「急に黙り込んだからな。顔が赤いぞ」

やっぱりか。でも一応ごまかしてみる。

「ワインがまわりました」

「いまになって？」

「そういうことも、あるんですー」

頼むからそれ以上つついてこないで欲しかったのに、そういうときに限って統貴さんは引かないんだ。空気読めるのに、まるっと無視する。

「なんだ、てっきり期待されてるのかと思ったよ」

「……なんの期待か知りませんけど、してないです」

「残念。帰ったら、風呂に連れ込もうと思ってたんだけどな」

「っ……」

それはハードル高すぎる。何度も一緒に入ったことはあるものの、それは事後と言いますか、した後で半分意識飛んでるとか頭のなかふわふわの状態……つまり正気ではないときだから。で、正気になる前に風呂から上がって寝ちゃうか、風呂場で続きが始まって記憶なくなるかのどっちかだから。

一人であたふたしてる僕を、統貴さんは本当に楽しそうに見てくる。

「そういうところが可愛いんだ」

「可愛くはないです」

統貴さんって意地悪だよね。というかＳだよ、Ｓ。いちいち反応してしまうせいだって理解はしてる。でもコントロール出来ないんだから仕方ないし、そんな僕を見て統貴さんがおもしろがってるってことも、ちゃんとわかってる。

けど半分以上の言葉は飲み込んでるんだよ。いまだって、意地が悪いとは言わなかった。前の僕だったら思ったまま口に出してたはずなのに、最近では無意識にストップかけることが多くなってる気がする。

「なにか言いたそうだな」

「そんなことないです」

あーあ、我ながら恋愛スキルが低いなって思う。思うけど、経験値が低すぎるんだからしょうがないんだ。

熱くなった顔を冷ますには今日の気温は高すぎて、いつまでたっても熱は引いていかなかった。

そのうちに柳久保ビルが見えてきて、急に冷静になった。

やっぱりデカいよ。法人化してるって言っても、その会社の代表は統貴さんなんだから、あのビルが統貴さんのものってのは変わりない。まだ働いてる人がいるみたいで、明かりのついてる窓がいくつか見える。

さっきから人通りも増えてて、まわりも明るい。

無意識に僕は、さっきより統貴さんと距離を取ってた。男同士で歩くには近寄りすぎてたという理由もあったし、肩を並べて歩くのに気が引けてしまったという理由もあった。

統貴さんはなにも言わなかった。けど、仕方ないなぁみたいな顔をしてたから、きっと気付いてるんだとは思う。

確かめる気はなかった。だってこんなこと統貴さんに言ったって仕方ない。彼のスペックは下げようもないのに困らせるだけだろう。

多分だけど、そのあたりも含めてわかってるから統貴さんはあえて僕が気にしてることに対して触れてこないんじゃないかな。タイミングを計ってるのか、僕が口に出すのを待ってるのかは知らないけど。

そのままビルに入って、誰にも会うことなくプライベートエリアへ続くドアをくぐる。この時間だからエントランスには誰もいなかったし、オフィスフロアへ行くエレベーターも動いてなかった。とても静かだ。

上昇するエレベーターのなかで手を繋いできた統貴さんは、箱が止まる寸前に軽くキスをしてきた。

不意打ちに弱い僕は固まってしまって、その後で下を向いた。

笑う気配を感じながら手を引かれて家に戻ると、逃げるように自分の部屋に入った。まぁ着替えはここにあるわけだから、あからさまに焦ってたことに目をつぶれば不自然なことじゃない。

後ろ手にドアを閉めて、はーっと息を吐き出す。

「なんだこれ……」

自分でも思うよ。僕らは恋人同士で、キスどころかセックスだってもう何回もやってる。なのに、手を繋いだり軽くキスしたりするだけで、いまだにこんなにも動揺してしまう。なんでいつまでたっても慣れないんだ、って。

さっきまで釣り合わない自分に凹《へこ》んでたのに、一気に別の感情に塗り替えられてしまってる。どうせまた噴き出してくるんだろうけど、いまはドキドキしてそれどころじゃなかった。

めまぐるしく感情が変わって、自分でも忙しいなって思う。振りまわされてるよね……。

「ほんと、どうしたら……」

相談相手がいない。当事者の一人でもある統貴さんに聞くのはなしとして、いまやメッセージアプリで繋がってるだけの友達にこんなことは言えない。

さすがに同性の恋人が出来たとは言いづらいし、男女に置き換えて話したところで有益な答えが返ってくるとも思えない。あいつら言うほど経験豊富じゃないもん。

「……美香姉ちゃんか」

それしか思い浮かばなかった。頼りになるって言ったらお姉ちゃんもそうだけど、恋愛に関してはなんとなく美香姉ちゃんってイメージなんだ。

スマホを取り出して、美香姉ちゃんの名前をタップする。今日は映像なしでいいや。

『なぁに？　どうかしたの？』

「なんでどうかしたって思うわけ？」

『だってあんた、なにもなかったら連絡寄越さなくなったじゃん。ま、らぶらぶ同棲中じゃ仕方ないけどね』

「らぶらぶ……」

言葉の威力に軽く絶句しかけた。

『違うの？　あ、まさかなにか問題でも？』

「問題っていうか、いや問題じゃなくて……相談があって」

『はぁ？　問題がないのに相談？　就職とかそっちなら彼氏とするよね？　あたしにってことは、やっぱ彼氏との仲に……』

「だからー、そうじゃなくてさ。なんていうか……」

僕はここ最近感じてることを、思いつくまま口にしていった。統貴さんのスペックが高すぎて落ち込むことがあること、彼の何気ない一言や行動に気持ちがどんどん膨《ふく》らんでいって怖いこと、恋人としての触れ合いにいつまでたっても慣れなくて感情が落ち着かないこと、気持ちが上がったり下がったりで、どうしたらいいのかわからないでいること……などなど。

美香姉ちゃんはときどき質問しながらじっくり聞いてくれた。ちなみに甥っ子はもう寝ちゃったらしい。

『そっか……なるほどねぇ』

「どうしよう」

『って言われてもね。あんたって中学のときになんとかちゃんと可愛いお付き合いしてたけど、マジであれだけだったんだ？　ちゃんとした恋愛初めてなんだね』

「高校はそれどころじゃありませんでしたしっ」

僕の高校生活は、勉強と甥っ子の世話と家事で終わりましたけどなにか？

『それは悪かったけど、そっちで一人暮らし始めてからは機会も時間もあったでしょ？　二年近くあったんだから、違うとは言わせないよ』

それ言われちゃうと返す言葉もない。

こっちに来てからの二年弱、仕事関係以外で知り合った人なんて清水親子だけだったんだよ。後は大家さんと、ほかの住人。

でもさー、住人の人たちとも挨拶《あいさつ》くらいしかしてなかったんだよね。向こうから線引いてくるようなタイプばっかりだったし。

職場はかなり年上の人ばっかで、可愛がられはしたけど個人的に付き合うってこともなかった。お客さんで若い女の子も来たけど、さすがにそこはダメでしょうって思ったし。

『おかしいなぁ。あんた、モテるタイプのはずなんだけど』

「それは言われたことあるけど、実際モテたことないよ」

中学でも高校でも、女の子の友達は多かったけど告白されたことはなかったし。女の先輩とかは可愛がってくれたけど、それだけだったし。

『清潔感よし、見た目まぁよし、対人態度もいいはず。ちょっと頼りない感じもあるけど、そこがいいって女も一定数いるはずなんだよね。ギラギラした男が嫌な子とか、マッチョ嫌いの子とか、結構いるし』

「そういう分析はいいです。いまさら意味ないし」

僕が異性にモテるとかモテないとかは、もうどうでもいいことだ。だって僕には統貴さんがいるんだから。

『そうね。ま、結局のところ、いまの形があんたにぴったりだったんでしょうね』

「はい？」

『自分で気付いてなかっただけで、あんた実は女に興味なかったわけよ』

「は？」

『あ、恋愛対象としてね。そういうのが出てたんじゃないの？　視線に熱量がないっていうかね。あんたにとって女って、優しく親切にしなきゃいけない存在であって、恋愛感情抱いたり欲情したりする相手じゃないのかもね』

「え、待って」

『これはあたしたちの教育がマズかったんだろうけど』

失敗作みたいに言われるのは心外だ。確かに切実に彼女欲しいと思ったことはなかったし、性欲とか持て余した経験もないけどさ。

うーん……恋愛経験以前の問題のような気がしてきた。

『彼氏とは、どういう感じで至ったわけ？』

「だから、崚太郎くんのお母さんが……」

『それは聞いた。あたしが聞いてるのは恋愛の部分。一目惚《ぼ》れでもしたの？　それともされた？　一緒に暮らしてるうちに、なんとなくとか？』

多分最後のパターンだと思う。お互いに。だって第一印象はよくなかったし、統貴さんだって生意気って……あれ？　可愛いと思ったんだっけ？　理解出来ないけど、とにかく一目惚れではなかったはず。

「僕は……一緒に暮らし始めて、なんかいいな……っていう感じで……」

『告白はこっち？　向こう？』

「向こう。それで……あ」

『なになに？』

　意外なほど食いついてきた。ときどき面倒くさそうな声出すわりには僕の恋愛話に興味があるのかもしれない。

「いや、たいしたことじゃないんだけど、片思いの期間が短かったなと思って。なんか自覚した途端に、告白された感じで」

　むしろ迫られて、自覚して、困惑してるうちに恋人になったというか。僕にとっては急転直下の出来ごとだった。

『まさかそれで達成感低いとか言うんじゃないでしょうね』

「そんなわけないって！　そうじゃなくて、なんか……いまだに慣れないのが情けないなって思ってさ」

『あたしがあんたの彼氏だったら楽しむわー』

「は？」

『だって放っといたってそのうち慣れるんだから、いまのうちに初心《うぶ》な反応を楽しむってことよ。可愛いじゃん』

「……そうなのか」

よく統貴さんが言う「可愛い」はそれなんだろうか。だったらいいのか？

なんか恋愛って思ったより精神的負荷かかるんだなぁ。こういうのは片思いのうちと、相手と上手くいかなくなってからのことだと思ってた。

『ま、いい子で転がされてなさいよ。開き直って、自分は翻弄されてやってるんだ……くらいに思ってれば？』

「う、うん」

『彼氏のスペックが高いのは諦《あきら》めなよ。どうしようもないじゃん？　っていうかさ、あたしが千遥の立場だったら、やったぜ玉の輿《こし》！　ってガッツポーズしてるとこだよ』

「玉の輿って……」

　予想外に威力のある単語だった。いや僕が女だったら、素直にそう思えた……かなぁ？　うーん、やっぱり美香姉ちゃんみたいには思えなかっただろうな。

『むしろそんな高スペックな男が自分を選んだんだって、自信持っちゃうけどね。ま、そのあたりは性格か。ほかにはないの？　だったらもう切るよ』

「あっ、待って待って。あのさ……もし、美香姉ちゃんが好きになった人が、付き合い始めた後で変わっちゃったら、どうする？」

『変わり方による』

ずばっと返ってきたのは、ものすごく当たり前の答えだった。

「あーまぁそうなんだけど……」

『なに？　彼氏、変わったの？』

「統貴さんはそんなことないよ」

意地悪な部分がよく出るようになったのは確かだ。でも考えてみたらあの人、最初はもっと刺々《とげとげ》しかったしな。いやいや方向性が違うか。いまの意地悪に攻撃性はないし。変わったんじゃなくて、僕との恋愛モードはああなんだろう。

『じゃ、あんたが変わったわけ？　意外。そういうタイプなの？』

「えっと、おとなしくなった……かもしれない」

『別にもともと騒がしくないじゃんあんた』

「まぁね。そういう意味じゃなくて、言動がこう……控《ひか》えめになったというか、前はもっとズバズバ言ってたんだけどさ」

最初の頃は、統貴さんに言いたいこと言ってた気がするんだよなぁ。顔に似合わずとか言われた記憶もあるし。

まぁね、統貴さんの言動が突っ込みどころ満載だったせいもあるとは思う。それがなくなった、っていうのが大きいとはいえ……やっぱ言葉飲み込むことが増えてる。

『好きな人にはいい顔見せときたいものよ』

「あー、やっぱそういうことか」

嫌われたくない、鬱陶《うっとう》しいと思われたくない、ってことだ。恋人になってから、僕は僕らしくなくなったのかもしれない。

「どうしたらいいと思う？」

『別にどうもしなくていいんじゃない？　猫被ったところで、向こうはもともとのあんたを知ってるんでしょ？　そのうち慣れたら元に戻るって』

「そうかな……そうかも」

『試しに言いたいことあったら小出しにして言っちゃえば？　それで反応見ながら次の行動決めなさいよ』

そうしてみようかなぁ、って返したところで、美香姉ちゃんから「じゃあね」と電話切られた。余韻とかなくていきなりな感じだった。

時計見たら十時一分前で、多分これもうすぐドラマかなにか始まるんだなって納得した。あの人、昔からよくドラマ見る人だったからなぁ。

あれから何日かたって、もう七月も半分以上過ぎた。

毎日暑くて、エアコン代を考えると怖くなる。払うの僕じゃなくても、考えるだけでぞっとするよね。

この家ってビルの最上階にあるだけあって、無茶苦茶日当たりがいいんだ。窓も多い。ってことで、エアコンはフル稼働だ。せめて少しでも、って思ってバルコニーに面した窓にシェードとか取り付けてみた。それとグリーンカーテンね。どうせなら食べられるのがいいかと思って、ゴーヤとキュウリを育ててる。まだ花も咲いてないけど順調にすくすく育っております。

統貴さんには色気がないって笑われた。

「本当にすみません。よろしくお願いします」

「いえいえ」

「行ってらっしゃーい」

峻太郎くんの元気な声に見送られて彩未さんは仕事に出かけた。

夏休みに入ったから、仕事のあるときだけ預かることになったんだ。金曜日だけディナータイムも手伝うらしくて、そのときはお迎えが九時頃になるけど、今日は四時の予定。

「ちーちゃん、ゲームやっていい？」

「いいよ。一時間だけな」

「うん！」

リビングで遊ばせてるあいだにランチの用意だ。崚太郎くんのリクエストで、エビグラタンで決まってる。後はサラダかな。生野菜じゃなくて温野菜だ。

同時進行で夕食の準備もしちゃう。けんちん汁を鍋いっぱい仕込んでおいて、崚太郎くんが帰るときに少し持たせようと思ってる。

「ちーちゃん」

いつの間にか崚太郎くんが横に張り付いてた。

「お？　どうした？」

「いい匂いしたから来ちゃった」

てへ、みたいな顔するのが可愛くて撃沈しそう。だってこんな顔、統貴さんは絶対しないもん。したら怖い。嘘です、きっと可愛い。

「ねーねー、なんでゴボウ？　グラタンに入れないよね？」

「これは夕ご飯の分。ゴボウは嫌いじゃないだろ？」

「固くないのは平気だよ。とーきさん、いつ帰ってくるの？」

「うーん、峻太郎くんのお迎えと同じくらいかなー。タイミングよかったら、お土産《みやげ》持って帰れるかも」

「やった！」

嬉しそうにぴょんぴょん跳ねてる。

頼むからお土産忘れないでくれ、って祈ってみた。大丈夫だとは思うけどね。なにかお菓子買ってくるって言ってたし。

珍しいことに統貴さんは出張してるんだ。会社ではデジタルマネージメントっていうのに携わってるらしいんだけど、最初はリアル営業に配属されたんだって。けど統貴さん曰く「どうにも偉いオヤジどもに好かれない」らしくて、なんだかんだあっていまの部署になったそうだ。

なんとなく納得。統貴さんて丁寧な対応が慇懃《いんぎん》無礼に感じる場合があるんだよね。ちゃんと本心からなら、そうでもないんだけど。

そんなわけで普段は社内でパソコンに向かってることが多いらしい統貴さんが、なんと台湾《たいわん》に！アジアメディカルなんちゃらって展示会だか見本市だかがあって、二年ぶりに現場に駆り出されたんだって。

三泊四日の出張も、今日で終わり。うーん、出会ってからこれだけ離れたのって初めてだよね。

昼間は峻太郎くんがいたからよかったけど、さすがに夜は寂しかった。この家が広いもんだからなおさら。

そんなこんなで二人でランチをして、バルコニーでちょっと遊んだり植物の観察とかして過ごした。峻太郎くんは三十分くらいお昼寝したかな。で、起きてからおやつタイムになった。昨日買って来ておいたプリンだ。再ブームが来てるとかいう固めのプリンは濃厚で美味しかった。

峻太郎くんもあっという間に完食して、ごくごくと麦茶を飲んでる。

玄関のほうで音がしたのはそんなときだった。

「あっ、帰って来た！」

さすがの反射神経と耳のよさで、峻太郎くんがいち早く飛び出して行く。びっくりするくらい身が軽いな！

遅れて出て行くと、玄関にスーツ姿の統貴さん。手にした袋を峻太郎くんに渡しながら僕を見て笑いかけてくれた。

「お帰りなさい」

「ああ、ただいま」

「これお菓子？」

「向こうで開けてみていいぞ」

「うん！」

歓声を上げてリビングに戻る崚太郎くんを見送ってから、僕はあらためて統貴さんに向き直った。着替えとか入ってるバッグを受け取ろうとして手を出したら、引っ張られて統貴さんの胸にダイブしてしまった。

「ちょっ……ん」

そのまま唇を塞がれて、舌が暴れまわるみたいなキスをされた。

ヤバい、ヤバい。奥に崚太郎くんいるのに、いくら角度的に見えないからってリビングのドアは開けっ放しなのに！

「パイナップルケーキだって！　ちーちゃん！」

「い、いま行くね！」

はっとして身体を離して、思わず統貴さんを睨《にら》みつけた。けど、統貴さんは反省の色ゼロで楽しそうに笑ってるだけだ。

確実に楽しそう。つまり僕が睨んでも気分を害するどころか喜んでるんだ。

「続きは後でな。もうすぐ迎えの時間だろ？」

「わかってるなら少しくらい待てないんですか」

「待てなかった」

真顔できっぱり言われて一瞬たじろいでしまった。

「お預けくらい覚えてくださいよ大人なんだからっ」

素直というか率直すぎるって。いや気分的には僕だってそうだったけど、峻太郎くんがいるんだからね。

「ちーちゃん？」

「あ、あーごめん、なんだっけパイナップル？」

リビングの入り口まで様子を見に来て、峻太郎くんが首をかしげてる。

慌ててそっちに行くと、僕と統貴さんを交互に見て、峻太郎くんは小さい声で「とーきさんにいじめられたの？」って言った。

「えーと、からかわれた……のかな」

「そっか。だからちーちゃん顔赤いんだね。あ、これパイナップルケーキ、って書いてあるんだよね？」

パッケージの箱には漢字と英語のほかに片仮名でそう書いてあった。パイナップルの写真も使われてわかりやすい。

「さっきプリン食べちゃったしなぁ……どうしようか。晩ご飯いけるか？」

「大丈夫！　絶対ご飯も食べる」

さすがお菓子大好きだな。っていうか、この子よく食べるんだよな。僕が五歳のときはこんなじゃなかったし、甥っ子だってここまでじゃなかったぞ。

一つだけって約束でケーキを食べさせてると、部屋着になった統貴さんがやって来た。

さっきのキスなんてなかったような涼しい顔してる。僕のほうはと言えば、ようやく顔の赤味が引いてきたところだ。

「……なにか飲みます？　コーヒーとか」

「頼む」

パパッと二人分のコーヒーを淹《い》れて飲んでたら、彩未さんが迎えに来た。

「それは全部持って行っていいぞ」

「ありがと！　ねぇ、こっちはなに？」

「魚の卵巣を塩漬けして乾燥させたやつだ」

「……美味しいの？」

わからない単語もあったらしいけど、とりあえず一瞬にして興味はなくなったらしい。お菓子じゃないからな。

「大人の味だな」

「そっか」

峻太郎くんは一気にトーンダウンしたものの、大事そうにケーキの箱を袋に戻して、小走りに玄関へ行った。

一階まで送って彩未さんに引き渡して、夕食の足しにってけんちん汁を渡す。で、また明日ってことで別れた。部屋に戻ると、統貴さんはソファに座ったまま、ぽんぽんと空いた場所を叩《たた》いた。

促されて座ると、また抱き寄せられる。まぁこうなるかなとは思ってた。

「続きだ」

「まだ昼間だし、帰って来たばっかりだし」

「だったらせめて、このまま千遥を堪能させてくれ」

そこは異論なしですよ。数日だけとはいえ、寂しかったし、帰って来てくれて嬉しいしね。僕だって統貴さんを堪能したい。

「その……続きは、晩ご飯食べてシャワー浴びてから……ってことでお願いします」

「明日は有給取ったから、そのつもりでな」

「待って。明日も峻太郎くん預かるんですけど？」

「十時にくるんだったな。俺が迎えに出るから寝てていいぞ。峻太郎は手がかからないし、メシくらいなんとでもなる」

起きられないこと前提ですか。

「大人の対応を要求します……っ」

「大人とは？」

にやにや笑ってる。わかってて聞いてるな？　くそう、こんな顔でも格好いいなんて狡《ずる》いよね。知ってたけど。

「明日起きられる程度にお願いします、ってことです！」

いい大人なんだから、一回とか二回でいいと思うんだ。そりゃ何日か会えなかったけどさ、そんなの社会人カップルだったら普通だし。出張に行く前の晩だって、しっかりしたじゃん。ていうか、毎日とまでは言わないけど、週の半分以上はしてるじゃん。

最初の頃は、それこそ毎日だったよね。なんでそんな元気なんだろうか。あ、毎日のように仕事明けに数時間ドライブが出来る人だった。もともと体力とか気力がものすごくある人なんだった。だとしても、毎日フルで仕事してきて、恋人をしっかり満足させちゃうってすごくないですか。超人じゃん、って思う。

僕のほうは満足っていうか、ヘロヘロになってるけどね。って思う僕は、やっぱりちょっと枯れてるんだろうか。体力もガタ落ちしてるような。

あ、まさか統貴さん、僕が嫌がってるなんていう誤解はしてないよね……？

「あの……するのは嫌じゃないですよ？　ただ、あの……つまり、僕のこと泣かせて喜ぶのはどうかなって」

「それは趣味嗜好《しこう》の問題であって、大人かどうかとは別問題だ」

「ええー……」

開き直ったよこの人。っていうか、趣味なの？　嗜好なの？　だったら仕方ない……いやいや、納得するな僕。

「やっぱりSなんですか？」

「やっぱりってなんだ」

「だって、僕の反応とか楽しんでますよね？」

「ダメか？」

そんなストレートにダメかと聞かれても返事に困る。ダメって言ったらどうする気なんだろう。うーん「そうか」で流しそうな気もするな。

別に嫌だとは思ってないんだよ。自分の余裕のなさが悔しいとか情けないとか、その程度のことだ。それだって相手は年上なんだから開き直って転がされておけばいいんだ……って、美香姉ちゃんに言われて納得はしてるし。

そう、問題は統貴さんにどう思われるかだ。最初の頃みたいに言いたいこと言うのが好きなのか……っていう。

同じく美香姉ちゃんのアドバイス通り、一時よりは口に出してるはずで、だからって統貴さんの態度が変わったということもないんだよね。スルーするとか、たまに楽しそうになるか。

「どうした？　そんなに真剣に考えるようなことだったか？」

「え？　あ、そうじゃなくて……えっと……」

「寂しかったか？」

「はい？」

　唐突に話が変わって、ぽかんとしてしまう。

「留守中、一人でどうだった？」

　僕の髪を弄りながら、端正《たんせい》な顔を近づけて尋ねる。答えなんてわかってる、って言いたげな顔だ。言わせたくて仕方ない、みたいな。

　ここで意地を張る意味も理由も僕にはなかった。

「……寂しかったです」

「俺もだ。だから、埋め合わせしような」

　結局のところ異論はないんだ。セックスするの好きー、なんてとても言えないけど、統貴さんが求めてくれるのは嬉しいし安心出来る。最中の声や視線やしぐさ、全部に熱量だとか愛情を感じられるからだ。

　経験値低くたって、それくらいはわかる。

だから僕は素直に頷いた。

四時ちょっと前のお迎えにあわせて、崚太郎くんを連れてエントランスへ下りた。ついでに買いものに行くつもりだから一緒にビルを出て、少しだけ彩未さんと崚太郎くんの三人で歩く。崚太郎くんはテンション高く今日のランチのことを話してた。

「ラーメン屋さん行ったんだよ。それでね、お子様冷やし中華食べたの」

厳密に言うと中華料理屋さんだ。いわゆる街中華ってやつで、大衆的なところ。子連れの客も多いみたいで、店主さんがメニューにない小ポーションを出してくれて、そのときに「お子様冷やし中華」って言ったんだ。それが嬉しかったらしい。

「美味しかった？」

「うん！」

前は外食より家で作ったものを食べたがった崚太郎くんだけど、いまでは外食も喜ぶようになった。だからたまにランチは外へ行く。もう少し涼しくなったら焼肉とかお好み焼きとか、目の前で調理する系のとこに連れて行こうと思ってる。

「じゃ、僕こっちなので」

「はい。ありがとうございました」

「またねー」

「来週な」

手を振って別れてスーパーへ向かう。運動不足を自覚して、最近はなるべく毎日外へ出るようにしてる。あえて遠くのスーパーまで歩いて行ったりね。

いやーそれにしても暑い。夜になっても暑いくらいだから、この時間じゃ当然か。

すれ違うスーツ姿の人が汗を拭きながらうんざりした顔してる。上着脱いで腕に掛けてるけど、半袖Tシャツ姿の僕と比べたら辛いよね。

去年の夏は僕もああだった。スーツなんてもう半年着てないや。またあれを着て、この暑さのなか過ごすなんて、想像しただけで溜め息が出た。

「私服でいいっていう職場もあるか……」

人って楽なほうに流されちゃうよね。なんだっけ……水は低きに流れる……？　いまの僕だな。

宅建に合格したら、絶対就職するんだ。無職のままじゃ統貴さんの隣に立つのもいたたまれない。

いや、なにやったって見劣りするのはわかってるよ。だからってそれに甘んじてこのまま甘え続けるのもどうかと思うし。

統貴さんは焦らなくていいって言ってくれてる。好きなだけ勉強してスキル上げて、じっくり次の仕事を選べばいいって。

居候の対価は家事労働で払ってることになってるけど、それにしてはあの家って立派すぎるんだよね。仮にあれが賃貸だったとしたら、月に百万はする物件だからね。

マジで別世界。いまだにどうして自分があそこにいるのか不思議でしょうがないよ。

「あっちぃ……」

流れる汗をぬぐって、やっぱり一番近いスーパーにしようと決めた。二キロ先まで行くのはちょっとヤバいかもしれない。

実は朝から怠《だる》かったんだよ。夏バテじゃないよ。昨晩の統貴さんはなんか変なスイッチ入っちゃって、平日とは思えないような時間まで離してくれなかったからだ。

うっすら明るくなるくらいの時間に寝たのに、普通に出勤してったんだからすごいよ。しかも夜のエロエロな雰囲気なんて一ミリも感じさせないでさ。

こっちは峻太郎くんがくるまでになんとかしなきゃって焦ってたのに。

けど……安心してるのも確か。激しく求められると、ああまだ好きでいてもらってる、って実感出来るし。普段から甘やかされてるし、人目がなかったら過剰なスキンシップも当然という状態なのに、なにを心配してるんだって自分でも思うけどね。

「うん、とりあえず好きなもの作ろ」

今晩のメニューは統貴さんが好きな豚肉の生姜《しょうが》焼き。甘くないのがお好みで、肉は厚め。だからブロック肉買って手切りするんだ。

いまの僕に出来るのはそれくらいだし。

ちらっと不動産屋の看板が目に入ったけど、僕は気付かない振りをして通り過ぎた。

一ヵ月ちょいの臨時保育士さんも今日で終わった。明日から崚太郎くんの幼稚園が始まるから、僕が預かる必要もなくなる。

崚太郎くんは数本のキュウリを手に帰って行った。うちでとれたやつね。ちょっと曲がってるけども。

ちなみに大量に収穫したゴーヤは、彩未さんが働いてる店で引き取ってもらった。崚太郎くんはゴーヤ嫌いだし、統貴さんもあんまり好きじゃないんだよね。小鉢にちょこっと盛る程度なら食べるけど、たくさんは欲しくないらしい。そんなわけでお店で食材として使ってもらったんだ。キュウリも一部流した。食べきれなかったからね。お姉ちゃんたちに送ろうかって聞いたらいらないって言われたし。

「来週から、また勉強漬けになるぞー」

甘い缶チューハイを一本空けて、いまちょっとほろ酔い気分。桃の香りいっぱいでジュースみたいな飲み口だった。

「で、早く就職するんだぁ。そしたら、生活費入れるからね」

「はいはい」

「聞いて」

「聞いてるぞ酔っ払い」

「まだ酔ってないですー。こんなの一本で酔うわけないじゃないですか。ジュースですよ、美味しい炭酸のジュース」

わかったわかった、って感じで頷く統貴さんは、手にレモン系の缶を持ってる。僕のより倍くらいアルコール濃度が高いやつ。しかも五〇〇ミリリットルがほぼ空いてるのに顔色一つ変わってない。本人曰く、ほとんど酔ったことないんだってさ。だったら酒飲む意味なくない？

「酒まで強いとか、狡い」

「意味がわからないんだが」

「だって狡いじゃん」

「……そうだな」

折れるの早っ。これって面倒くさいって思われちゃったのかな。あれ、もしかして絡み酒と思われてる？

「統貴さん、パーフェクトじゃん」

「生まれ持ったものに関しては、わりとそうかもしれないな」

「んん？」

「容姿に恵まれていることは自覚してるがこれは遺伝による部分が大きい。経済的なものも親のおかげだ。学習面で苦労したことがない程度の地頭はあるし、運動神経もいいほうで大抵のことはそつなくこなせた。手先もまぁ器用なほうだし、運もいい。家庭円満とはいかなかったが、この程度は珍しくもないだろうしな」

珍しくないかどうかはともかく、寂しい思いをしたのは確かだと思う。そりゃ両親がいなかったり、いても虐待されたりするより、ずっといいけど。

気がついたら統貴さんの頭をよしよしと撫でてた。

その手をそっと握られて、熱く見つめられたなーと思ったら、僕のスマホがけたたましく鳴り始めた。

「あっ、美香姉ちゃんだ」

ぱっと手を伸ばしてタップしながら、僕は目で統貴さんに合図して自分の部屋に行った。背中にもの言いたげな視線を感じたような気がしないでもなかったけど、まぁいいか。

「どうしたのー？」

『なにそのテンション。酔ってんの？』

「缶チューハイ一本飲んだだけだよ。酔うわけないじゃん」

『だったら顔見せてみな。あんた、顔は赤くならないけど目がとろーんとしてくるからすぐわかるんだからね』

見せろってうるさいからビデオ通話にした。アップで見せろって言われて画面に近づくと、思ったほどじゃなかったって納得してもらえた。

『で、その後どうよ？』

「パソコン系の資格取れたよ。MOS《モス》っていうの」

『おめでとう。そっちじゃなくて、彼氏とのいろいろ』

「あー、はい。うーんと、上手くいってる……かな？」

いってるよね、いってるはず。

『なんで疑問系？』

「統貴さんの態度変わらないから、よくわかんないんだよね。僕が言い返しても返さなくても、同じというかー」

『どうでもいいんじゃないの』

吐き捨てられた。電話かけてきてまで聞いたくせに投げやりだし、冷たい。こういう言い方の人なんだけどね。

「どうでもいいって……」

『あんたのことが、って意味じゃないよ。あんたがズバズバ言い返そうがおとなしかろうが、彼氏にとってはたいした問題じゃないって意味』

「なんか、うん……そんな気はしてる」

『付き合ってまだ五ヵ月でしょ？　まぁ、人によっては別れてたりする時期だけど』

　これは美香姉ちゃんの自虐だ。五歳上の相手と付き合い始めて二ヵ月で相手から結婚を匂わせるようなことを言われて、それを疑うことなく信じてしまった。まぁ実際、相手もそのつもりはあったんだと思う。けど妊娠した途端、相手が子供はまだ早いから堕《お》ろせとか言い出した。それがちょうど付き合って五ヵ月目くらいだった。

　相手は結婚する気はあったけど子供はまだ早いと思ってたみたい。だったら避妊しろよって話だよね。で、大げんかの果てに同棲解消して別れた。

　結局養育費だってろくに払わないような男で、見る目がなかったって美香姉ちゃんは吹っ切れた顔してたっけ。

『大事にしてもらってるんでしょ？』

「うん」

『腹立つわー。即答しやがって』

「聞いてきたのそっちじゃん」

　理不尽だ。って訴えても無駄だからしないけど。

『ちなみにデートはしてるの？』

「あー、週に二回くらい外食して、休みの日に買いもの行ったり……後はドライブかなぁ。統貴さんって運転好きだから、普段の日でも夜に出かけたりするんだ。そのときは僕も一緒に行くよ。夜のドライブ超楽しい」

『あっそう』

そこで「うんざり」って態度隠そうともしないのはどうかと思うよ。聞いたのは自分じゃないか。やっぱ理不尽。

別にのろけたいわけじゃないから。聞かれたから答えただけだから。

『聞きたくないけど、セックスってしてるわけ？』

「聞きたくないなら聞かなきゃいいじゃん」

『いいから、どうなの？』

なんかぐいぐいくるなぁ。どうせ正直に答えたらまた「うんざり」するやつでしょ。知ってるんだからな。

「……してるけど」

『どんな？』

「は？　ど、どんなって、言えるわけないじゃんっ」

『別に具体的なプレイを聞いてるんじゃなくてさ。抜きあって終わりなの？　それともお尻使ってんの？　そうだとしたら、あんたどっち？　交代制？』

聞きたいのはそっちか！　いやいや、いくら姉でも女の人相手にこれは、ちょっと……。もちろん男の人相手でも嫌ですけどね。

『どうなの？　いいから言いな』

これは言うまで許してくれないパターンだ。仕方なく、僕はおずおずと答える。

「つ……使、われて……ます。交代はしないです」

『まぁそうだろうね』

「そうだろうねって……」

『あたしのなかでは一択だったけど、念のためね。で？　どのくらいの頻度なのよ』

「ひ、頻度」

『週一？　二？　一晩何回？』

なんでそんなことまで聞くんだよ、恥ずかしいだろ。死ぬほど恥ずかしいって。セックスのこと話すのやだよー。

もごもごしてたら、ドスの効いた声で『言え』と凄《すご》まれた。怖い。

「そ、そんなの決まってないし」

『だいたいで聞いてんのよ。ちなみにあたしがヤツと同棲してたとき、最初のうちは週三くらいだったかなぁ』

「え、そんな少なかったの？」

『おい』

　さらに声が低くなって、思わずびくっとしてしまった。上の姉より口調は乱暴だし横暴だし厚かましいけど、僕に対してこんな声出したことはなかったから驚いてしまった。少ないって言ったのが空気読めなさすぎた？

『まさか毎日やってんの？』

「毎日じゃないよっ。えっと……しない日もあるし！」

『ふーん、しない日もある、くらいにはやりまくってると。しかもその言い方だと、いまだにペース落ちてないってこと？』

　最初、じゃなくて、最初の頃……って言うなら、特に減ってる感じはしない。うん、減ってないよね。

「同じくらい……です」

『レスの気配ないよね』

「な、ないです。むしろもう少し落ち着いてもいいくらいかなって」

『はぁ？　なに言ってんのふざけてんの？　それでなんで上手くいってるかどうかが疑問系なのよ馬鹿なの？』

めっちゃ早口で罵倒された。

「だ、だって、いつ飽きられるかわかんないじゃん！　僕なんて色気ないし美形ってわけでもないし、そもそも男だし、か……身体の具合だって、たいしてよくないだろうしっ」

『よくもないのに毎日のように出来るか馬鹿かよ。男ならわかんだろ？　つーかあんただったら、大好きな相手でも毎日とか無理でしょうが。やりたい盛りのそこらのガキなら木の股にでも興奮するかもしれないけど、彼氏いくつよ？』

　確かに絶対無理だけど断言しなくてもいいじゃん。あらためて男として劣ってるって烙印《らくいん》押されたみたいで凹む……。

『あー、腹立つわー。愛されすぎて怖いの……とか言ったら、それはそれでぶん殴ってたけど、そこまで尽くされて彼氏の本気を疑うとかなんなの』

「疑ってないよ！　そんなこと言ってないじゃん！」

『そうだったっけ？』

「言ってない。僕が言ったのは、統貴さんに釣り合ってないってことと、どんどん好きになっちゃってるのが、なんか……上手く言えないけど、不安ていうか……そういうことじゃん」

　ちなみに釣り合ってないのは客観的事実だし、そこは美香姉ちゃんだって承知してることだ。玉の輿とか言われたし。

相変わらずスペックの差には開き直れてない。資格いくつか取ったところでどうにかなるものじゃなかった。僕のほうが若いってことも、統貴さん自身がまだ二十代なんだから、大した武器にならないし、そもそも若さが武器になるのは女の子か。

『はいはい、わかったからもう黙れ』

「ひどい。……もしかして僕うざい？」

きっといまの僕は涙目になってると思う。美香姉ちゃんに相談したの間違いだったかな。いやでもほかにいなかったし。

『うざいね。あんたさぁ、一回でもそれ彼氏に言ってみたの？』

「言ってない……」

でも気付いてるんじゃないかとは思ってる。

『じゃあ言え。それでも解決しなかったら、あと一回くらいは聞いてあげる。もう少し冷めた子だと思ってたんだけど、恋愛中はずいぶん卑屈になるみたいね。あんたの場合、ちょっとぐらい図に乗るくらいでちょうどいいんじゃない？』

「同感ですね」

「は？」

真後ろから聞こえてきた声に、ひっくり返った声が出てしまう。いつの間にか統貴さんが来ててスマホを覗《のぞ》き込んでた。

『どうも、こんばんはー』

「こんばんは。お元気そうで」

そうだね、美香姉ちゃんが元気じゃないところなんて見たことがないよ。少なくとも僕には見せたことがない。

『おかげさまで。ところで、うちの子ったら後ろ斜め方向に行っちゃってるんで、なんとかしてくれます？　基本的にはそうじゃないはずなんで』

「ええ、任せてください」

『じゃ、おやすみなさーい。またねー』

一瞬で画面から姉の姿が消えた。時計を見たら十時ちょっと前だ。そろそろドラマが始まるから切りたかったのかもしれない。

相変わらず親身になってくれるんだか冷たいんだかよくわからない。いや、ちゃんと可愛がってくれてるんだと思う……多分。

「さて」

統貴さんの声に顔を上げた途端に、ひょいっと肩に担ぎ上げられた。

「ちょっ、苦しい」

「お姫様抱っこがご所望《しょもう》だったか」

「えぇぇ……」

どっちもやだよ。っていうか、下ろしてくれたらいいことじゃない？　なんのために運ばれてるんだか意味わかんないもん。

統貴さんの部屋に連れ込まれて、下ろされたのはベッドの上。一瞬このままいつもの流れか、と思ったら、統貴さんが僕を見る目はとても落ち着いてた。とりあえずリビングにいたときの熱っぽさはない。

「ちらっと聞こえたんだが、釣り合ってないというのはなんだ？」

「ど、どこから聞いてました？」

「疑っていないと叫んだところから」

あ、わりと終盤だった。よかった。床《とこ》事情についてじゃなくてよかった。姉弟《きょうだい》でなんて話をしてるんだって引かれたくない。

「で？」

統貴さんはベッドに腰掛けて僕を見る。静かな雰囲気だったけど、なんとなく僕はベッドの上で正座した。

「統貴さんと僕の格差が激しいので……」

「なるほど。不安というのは？」

尋ね方が淡々としてる。怒ってるとか呆れてるとか、そういう気配はいっさいなかった。かといって諭《さと》す感じでもない。

冷や汗が出そう……。

「えーと、あの……怒らないでね？」

「悪いが約束は出来ない。とりあえず聞かせてくれ」

「え」

「言いたくないなら、言いたくなるようにするが？」

するっと頬を撫でられて、意味深な笑みを向けられた。

あ、これダメなやつ。どう考えてもエロい方向でヤバいやつだ。

「言います言います。あの、つまり……えーと、付き合い始めの頃ってなんていうか……多分だけど、統貴さんの温度のほうが高かった気がするんです。僕も統貴さんのこと好きで、だから付き合ったんだけど、その……」

「わかるよ。君が俺に抱いてたのは、わりと可愛らしい好意だったはずだ。好き、一緒にいたい、ほかの人に取られたくない……みたいなね」

そう、そんな感じだったから、僕は大きく頷く。

「でも統貴さんは前とそんなに変わってないのに、僕のほうは大好き度が右肩上がりで頭のなかもう統貴さんでいっぱいで……」

腕を斜めにして上がり具合を訴えてみる。角度は四十五度くらいだ。もう本当にぐんぐん伸びてるというか上がってるというか、膨らんでるというか。

性格上、自分からべたべたくっついてくほうじゃないけど、内心はこんなだよ。

よく試験受かったなって思う。とはいえ、無職状態で時間はいっぱいあったのに、この半年近くで二つしか受からなかったのは我ながらしょんぼりだ。

「嫌われたらどうしようとか、僕ばっかり好きが増えてって、もう統貴さんより温度高くなってるかもって、なんか……怖くて……」

上げてた腕を戻して膝の上に両手を乗せる。ちらっと統貴さんを見たら、なんだかすごくイイ顔で笑ってた。

「なに？」

「可愛いなと思って」

「統貴さんって語彙《ごい》少ないよね。僕に関しては」

「そう思うんだから仕方ない。いまのは可愛らしいという意味と、認識が甘いという意味で言ったんだけどな」

「甘い？」

シュガーな意味じゃなくて、至らないというほう？

「俺が抱えてるのは、そんな可愛らしいものじゃないんだよ」

「そうなの？　え、どういう意味？」

なんだか不穏……まさか腹の底では嫌ってるとかそういう？　いやいや、いくらなんでもあり得ない。なんの意味もない。

　でもどういうこと？

「あえて言わないできた本音を聞くか？」

「えー……と、はい。ぜひ」

「出来るなら、このまま外に出さないで誰にも会わなくていいようにしたい」

「は？」

　変な声が出てしまった。いや、あの……それって……。

　まじまじと統貴さんを見つめる。言った本人はしれっとしているというか、開き直ってるというか、躊躇《ためら》いも後ろめたさも気まずさもなさそうに見えた。実に淡々としてる。ここでパッション出されても引くけど。

「慌てて就職しなくても……と言っていた裏で、こんなことを考えていたわけだ」

「わぁ」

「これでも大人の自制心と理性を総動員している。さっきも言ったが、俺としては就職しなくてもいっこうにかまわないんだ。このまま家にいてくれたらと思ってる。が、まだ二十二歳の千遥をこれ以上囲い込むのもどうか……とも思ってな」

「そ……それは、大変ありがたいです……」

本当に助かります。別に働くのが好きなわけじゃないけど、僕のなかに刻み込まれた感覚が「仕事に就《つ》かねば！」って訴えてくるんです。

統貴さんは小さく何度か頷いた。

「男としてのプライドもあるだろうしな。千遥のなかで折り合いがつくなら、専業主婦のようになってくれてもいいんだけどな」

専業主婦かぁ。それも仕事の一つだよね。永久就職って言い方があったとも聞くし、確かにそれも選択肢の一つなんだろう。

「あー、いまのところはない、です。先のことはわかんないけど……」

そう、なにがあるかわからないからね。もしかしたら自宅で出来るような仕事を始めたいって思うかもしれないし、専業で家のことをパートナーとしてきちんとやるぜ、って思う日がくるかもしれないし。

子供の頃から、あこがれの職業ってなかったんだよね。高校三年になってもビジョンはなくて、でも社会人にはなりたくて、なんとなくで選んだ仕事だった。

自分でもどうなんだって思うけども、出世欲とかないし、ハードじゃない仕事でそこそこの給料もらって食べていければいいかなー、っていうね。

「釣り合ってないとかいう話だが、そんなことに意味はない」

「ないの？」

「誰が比べるんだ？」

「えっと……」

少し考えて、やがて答えに行き着いた。

比べてるのは僕だ。考える限り、僕だけだった。

「容姿に関しては、好みがあるから比較しても意味はないよな。俺は千遥が世界一可愛いと思ってるし、綺麗だと思ってる」

「えぇぇ……」

可愛いはまだしも綺麗って。ないわぁ……って正直思ったけど、恋する統貴さんの目にそう見えるなら仕方ない。恋愛フィルターって怖いな。

「資産に関しての優劣は諦めてもらうしかないな。さっきも言ったが、容姿も資産も俺が自力で獲得したものじゃないから、俺にとって誇れるものじゃない。そこを評価項目に入れて欲しくもない、というのが本音だ」

「あ、はい」

確かにそういう感覚なら、僕の言葉は失礼だよね。わかりました。

「ちなみに千遥が言う『やんちゃ』な自分とも、日々戦ってるぞ」

「あれでっ？」

俯《うつむ》き加減だったのに、思わずがばっと顔を上げてしまった。

「あれでだ」

思わず十何秒か黙り込んでしまった。あれ、ベッドにいるの危険なんじゃない？　逃げ場なくない？

じりじり、と後ろに下がろうとしたら、手の上に大きな手を重ねられた。というか被せられた？

ニュアンスの違いは力加減だ。

内心ちょっとびくびくしてたりするけど、嫌じゃないのも確か。普段の統貴さんはクールかと思うと優しくて、かなり甘かったりして、それでも大人な態度を見せる——本当はそうじゃないって告白された——けど、キスとかエッチとかのときは情熱的な一面見せてくれるからさ。

そうだよ、ずっとそうだったじゃん。セックスに関してちょっと逃げ腰の僕が、自分ばっかりーなんて言うなよって話だ。

もっと早く確認しあえばよかったな。きっと統貴さんだって、本心暴露したら僕が引くって思ってたんだろうし。

お互いの気持ちを確認しあうって大事だなー、と実感した。

被さってきてた手が、いつの間にか動いて指が絡んでた。いわゆる恋人繋ぎってやつだ。照れる。でも嬉しい。

「あのさ……えっと、たまになら……いいよ」

「うん？」

「やんちゃ」

って、つい口走ってしまった。勢いって怖い。

当然そのまま実践された。

今年の桜は、例年よりも遅い開花だった。

しかも咲き始めてから気温の低い日が続いたおかげで、新一年生は散り始めの桜の下で写真が撮れた。

我らが新一年生、崚太郎くんもその一人だ。

主役の崚太郎くんと彩未さん、それから僕と統貴さん。撮った場所は小学校じゃなくて近所の公園だけど、なかなかいい写真だ。

「いいじゃん。超家族写真じゃん」

いままで一枚も写真を飾ってなかった我が家に、フォトフレームに入ったこれが加わった。置き場所はキッチンカウンター。リビングはシンプルすぎて置くにもいい場所がなかったんだよ。

写真のなかで崚太郎くんが背負ってるランドセルは僕からの入学祝い。本人が選んで、本体は黒で縁《ふち》とかがシルバーっていう、格好いいのにした。

統貴さんは学習机とベッドとチェストとかの一式を買ってあげてたよ。システムベッドとかいうやつみたい。崚太郎くんはハシゴでベッドに登ってキャッキャッしてた。あれは楽しい。二十歳《はたち》過ぎた僕だってそう思ったもん。

崚太郎くんは毎日元気に学校に行ってるらしい。

彩未さんは相変わらず老夫婦の店を手伝ってる。崚太郎くんも何回か連れて行ってて、すごく可愛がってもらってるみたい。で、彩未さんは店主さんたちの孫と親しくなったらしくて、もしかして……って統貴さんと話してるとこ。二歳上でいまは都内の洋食店で働いてて、将来的には祖父母の店を継ぎたいと言ってるらしい。

崚太郎くんごと受け入れてくれる人だったらいいなぁと思ってる。

僕がいまめちゃくちゃ幸せなのって、彩未さんと崚太郎くんのおかげでもあるからさ。

統貴さんと出会ってから、もう一年以上たった。相変わらず僕の恋人はクールなのにでろでろに甘くて、とても優しい。

で、本人曰く理性を日々フルに働かせてくれてるらしい。僕の再就職も応援してくれたし、快く送り出してくれた。

年明けに再就職して、なんとか仕事にも慣れた。新しい職場は通勤時間二十分のところにオフィスがあって、給料はそこそこだけど雰囲気が緩《ゆる》くて、服装も自由。業種は前と同じ不動産業だけど、今回は一般事務だ。

仕事内容は主にウェブページの作成や物件の撮影、書類作業や営業アシスタント。後はその他雑用で、接客はしてない。

でもこのあいだ、初めて物件のリノベーションにも関わらせてもらえて、ちょっとテンションが上がった。

なんか、仕事おもしろいなって思えるようになったんだ。楽しいとまでは思わないけど、いい傾向かなとは思ってる。

「そろそろ時間だぞ」

慌ててフォトフレームを置いて、バッグを持つ。

「行ってきます。待ち合わせ、だいたい六時半くらいね。終わったら連絡するから」

「ああ、こっちもするよ」

今日は外でご飯を食べることになってる。しかも車で迎えに来てくれて、ドライブがてら海のほうへ行ってお寿司《すし》食べようってことに。さらになんとお泊まり！

デートですよ。久々のお泊まりデート。

浮かれる僕に軽くキスをして、統貴さんはくるんと僕を反転させて軽く押し出した。

「頑張って働いて来い」

「はーい」

今日も一日頑張ります。

愛になっても暮らしましょう2

統貴《とうき》が最初に彼——朝井千遥《あさいちはる》と会ったとき、いかにも付け込まれやすそうな青年だなと思った。愛情たっぷりに育てられて人を疑うことを知らない、素直で人がいい青年。だから異父妹のような女にコロリと騙《だま》され、赤の他人の幼児を預かる羽目《はめ》になるのだと。

警察の職員から事情説明を受けた後、統貴のなかでそれはほぼ決定事項になっていた。

それだけじゃないことは、すぐにわかったが。人畜無害そうな彼には、意外とものをはっきりと言うといった一面があった。ただしそれは真っ当な意見であり反論であり、無闇に他者を貶《おとし》めるようなものではなかった。

ストレートにものを言う人間は嫌いではない。少なくとも、自己主張が薄く人の顔色を窺《うかが》いながら、その実自分の利になることを押しつける者よりは遥かに。

要するに、統貴にとって異父妹はそうだった。嫌いとまでは言わないが苦手だったし、出来るならば関わり合いになりたくなかった。

そもそも統貴は、自分の母親に対しても特別な感情を抱いていなかったのだ。とにかく思い出というものがない。記憶にも残らない頃《ころ》はそれなりに面倒を見てくれたのだろうが、物心がつく頃には保育園のスタッフと、当時まだ存命だった父方の祖母に育てられたという記憶しかない。

「え、そうだったの？」

「それはどれに対してだ？」

目を丸くする千遥は、問い返した統貴に向かい「いろいろ」と言った。

「特に最後のだけど」

「母親に育てられた記憶がないというやつか？　とっくに言ったつもりだったんだが」

「お母さんが料理しない人だったとか、遠足にパン屋さんのサンドイッチ持って行ったとかは聞いたけど」

「ああ、そうだったか」

統貴としては特に楽しい話でもなく、必要がなければ人に言いたいことでもなかった。

「お祖母《ばあ》さんの話も初めて聞いたし。一年以上たつのに！　いや、僕も聞かなかったけど」

むーん、と謎《なぞ》の唸《うな》り声を発した千遥は、まっすぐ助手席に座り直した。さっきまでは身を捩《よじ》って統貴のほうに身体《からだ》ごと向いていたのだ。

車は高速道路を走行中だ。少し混んでいて、スピードは法定速度よりもずいぶん遅くなっている。なかには車列を縫《ぬ》うようにして追い越しをかけていく車もあるが、統貴はそこまでする必要もないと無駄な車線変更をせずに走っていた。

「最初に当たりがきつかったのは、内心僕のこと『馬鹿なヤツめ』とか思ってたからなんだね」

「そこまでは思ってなかったし、だからきつかったわけでもない」

「そうなの？」

「彩未《あやみ》に対する苛立《いらだ》ちがあったのは確かだが……」

「それって八つ当たりじゃん。崚太郎《りょうたろう》くんもいたのにー」

言葉にされてみれば確かにその通りで、統貴はあらためて反省した。五歳の子供の前で取る態度ではなかった。

「そうだな。あれは俺がよくなかった」

「いまだったら言わなかったよね」

「言わないな」

一度会ったことがある――しかし話したことはない子供は、当時の統貴にとってほぼ他人だった。いまでは可愛《かわい》いと思っている。あくまで崚太郎に限った話であり、子供は相変わらず苦手だが。

その崚太郎は順調にすくすくと成長している。今年はプールで日焼けして、こんがりといい色になっている。彩未は「ＵＶクリームを嫌がる」とぼやいていたが、小学校一年の男子児童などそんなものだと統貴は思っている。

統貴も日焼けなど気にしたことはなかった。崚太郎は昔の自分にそっくりなので、どうしても彩未の言い分から庇《かば》いたくなってしまう。

本当によく似ているのだ。確か母方の祖父がこんな顔だったと聞いたことがある。母親は肉親と疎遠だったので、会ったこともなければ話もろくに聞いたことはなかったが。

「統貴さんって、わりと女の人に冷たいよね」

「いつもってわけじゃない」

「さっきだって……」

千遥がやや口を尖《とが》らせているのは、つい先ほど立ち寄った地元のスーパーでのことが理由だ。そもそも、こんな話になったのは、その一件があったせいなのだ。

必要なものをいくつか買い、車に戻ったところで声をかけられた。

「あのう、これ落としませんでした？」

二十代なかばくらいと思われる女性が青系のチェック柄のハンカチを手にしており、その後ろには同じ年頃の女性が立っていた。

「いえ、違います。僕たちのじゃないです」

千遥はきっぱりと言い切ったが、女性は統貴の顔を見た。口には出さなかったが、あなたのではないかという問いかけをしていた。

「いや、違う」

そもそも千遥が違うと断言したのは、彼が家にこんなハンカチがないことを把握しているからだ。洗濯出来るようなものならすべて彼は知っている。

「そうですか。あ、ところでご旅行ですか？　私たちもなんです」

車のナンバーを見て彼女たちはそう判断したらしい。

媚《こ》びるような甘えるような視線や態度に統貴はすでに辟易《へきえき》していた。ハンカチもどうせ自前のものだろうと推察した。

「私たちこの先の浅海《あさみ》リゾートに泊まってて」

「そうなんですか」

千遥は律儀に相手をしていた。かなり困惑しているのは明らかだが、丁寧な態度を崩すことはない。彼のなかに、女性を邪険に扱うという選択肢などはないのだ。

なるほどこういうことかと統貴は密かに納得していた。やはり千遥は彩未に対して過剰に親切だったわけではなく、基本的に誰にでもこうなのだろうと。

だから統貴はすかさず動いた。

「優雅でいいですね。残念ながら我々は仕事で来てるんですよ。ああ、三時から約束があるもので、失礼。行くぞ、遅れるわけにはいかないからな」

「は、はいっ」

急《せ》かすように早口で言ったせいか、千遥はぴょんと背筋を伸ばして敬礼するように手を上げた。そうしてそそくさと車に乗り込む。その際、ぺこりと女性たちに頭を下げるのは忘れなかった。

さすがだなと統貴は密かに呆《あき》れ、そして感心した。

　もの言いたげな顔をしていた千遥は、車がスーパーから離れると思い切ったように尋ねた。

「もしかして、あれってナンパ？」

「ほかになにがあるんだ」

「マジか。なんかすごい。あんなふうに声かけてくる人って本当にいたんだね。っていうか、仕事ってなに？　僕たちだって旅行じゃん。それに三時に約束とか」

　最後のほうは笑いながらだった。

「三時にチェックインの予定なのは事実だろ？」

「まぁそうだけど」

「千遥は相変わらず女に甘いな」

「えー、あれは外面《そとづら》だってば。平和主義なの。なるべく穏便《おんびん》にすませようっていう気持ちが出ちゃうんだよ」

　千遥はそう言っていたが、結局のところ身に染みついた習性のようなものだ。二人の姉と母の教育は完璧だった。

　車は海岸沿いの道を離れ、上り坂に入っていた。まだ住宅や店舗が多い界隈だ。

「なんかわくわくする。田舎《いなか》のお祖父《じい》ちゃんちとかなかったから、自然のなかの家とかちょっとあこがれるんだよね。ずっと住みたいわけじゃないんだけど」

　千遥の両親はどちらも地方都市の出身だし、千遥の育った家も駅からほど近く、生活に便利な住宅街にあったようだ。統貴も似たようなものだった。

「統貴さんのお祖母さんて亡くなったんだよね？　お祖父さんも？」

「ああ、祖母は俺が小学校に上がってすぐだな。祖父は物心つく前に亡くなってる。うちは揃《そろ》いも揃って短命なんだ。そういう家系らしい」

　父親も六十歳になる前に他界した。平均寿命より遥かに短かった。

「うちは超長生きだよ。母方、ひい祖父ちゃんとひい祖母ちゃんが百歳越えなんだ」

「すごいな」

「しかも寝たきりとかいないの。なんだっけ、えっと『ピンピンコロリ』ってやつ。祖父ちゃん祖母ちゃんたち四人とも元気だし」

「……本当にすごいな」

　統貴は心底感心した。千遥という青年は、それはもう健《すこ》やかで心身ともに健康という言葉を具現化したような人間なのだ。それは家庭環境を含めた人間関係のおかげもあるだろうし、生まれ持ったものもあるのだろう。だが本人曰《いわ》くそれだけではないようだ。

「食生活もかなり重要だよ」

「なるほど？」

「いやほんとに食べもの大事！　それと食べ方も大事。って、祖母ちゃんたちが言ってた」

だから常日頃から気をつけている、というのが千遥の主張だ。それは一緒に暮らすようになってからも心がけているという。

それは一理あるなと統貴は思った。なにしろ統貴は食生活というものに重きを置いたことがなかったし、それは両親や祖父母も同様だったのだ。両親は食というものにそもそも興味があまりなかったようだし、祖父母は食べたいものだけを食べたいときに食べるような人たちだった。祖父に関しては伝聞なのだが事実だろう。もちろん遺伝的な体質というのもあるはずだが。

「統貴さんは大丈夫だよ」

きっぱりと、隣の青年は言い切った。

「そうか」

「うん。だってさ、父方の祖父ちゃんは、わりと短命な家系に生まれたんだって。お兄さんたち軒並み五十代で亡くなってて、母親は顔覚えてないくらい小さい頃に亡くなってて、父親は十代の頃亡くなったって。でも本人はいまもう八十歳だよ。でね、祖父ちゃんが言うには、祖母ちゃんと結婚して、祖母ちゃんのご飯食べたりして楽しく暮らしてたからこの年まで生きたんだって。親やお兄さんたちが亡くなった歳《とし》を超すまで、実は内心ドキドキだったんだって笑ってた」

その気持ちは統貴も理解出来た。漠然と、自分は父親と同じくらいで死ぬものだと思って生きてきたからだ。もちろん根拠はない。平均よりも遥かに早く他界した身内を持つ者は、しばしばそういった思いを抱くというから、統貴もその一人にすぎないだけだ。

「だから統貴さんも大丈夫。外食減ったし、野菜も食べてるし。それにほら、一緒に食べるの楽しいでしょ？」

「そうだな」

　恋人の言葉はすんなりと統貴のなかに入ってきた。食事が楽しいと知ったのは、千遥と峻太郎と食卓を囲むようになってからだ。それまで食事は生きるために必要な行為でしかなく、活動可能なカロリーさえ摂取出来るならそれでいい、という程度のものだった。それでも好き嫌いはあったから、嫌いなものを自ら取ろうとはしなかった。

　当時は特に問題を感じなかったのだが、千遥たちと食事を取るようになってからしばらくして統貴は体調の変化を自覚した。劇的なものではないのだが、まず身体が軽くなっていた。そうなって初めて、慢性的な疲労があったことに気がついた。そして寝覚めがよくなり、集中力が上がっていた。

　精神的なものも大きかったのだろうが、あのまま三十代を迎え、歳を重ねていたらと思うとぞっとしない。あのままの自分が結婚したり、誰かと生活をともにしたりするとは、とうてい考えられなかったからだ。若い頃はなんともなくても、いずれ急激にガタが来るものだよと、職場や取引先の者たちは口を揃えて言っていた。

なにしろ身近にそういったケースが多かったので説得力は抜群だった。

「長生きしたいしな」

「任せて」

かつての統貴は生への執着はなかった。別に死にたいとも思っていなかったが、目標だとか生きがいだとかいったものはなく、大切に思う人もいなかった。ただ漫然と生きていたと言っていい。

だがいまは違う。千遥のために健康でいなくてはと思うし、不自由はかけたくないし、出来るだけ長くともに生きていきたいと思っている。

「でも今回は食べたいもの食べるってことで。せっかくだし」

「そうだな」

旅先で特産物や名物料理を前に、健康ばかり考えていても侘《わび》しいばかりだ。さすがに暴飲暴食に走るつもりはないが、数日間はたがを外してもいいだろうというのが共通意見だ。

「今年めちゃくちゃ夏野菜食べたもんね」

「まだあるんだろ？」

「うん。帰ったらまた収穫しないと。いろいろ作って冷凍もしてあるし」

今年も千遥の農園は健在だ。いや、去年はグリーンカーテンのついでだったが今年はそれ以外にも育てたので種類は何倍にも増えた。広いバルコニーの一角は長細いプランターがいくつも並ぶ畑になっている。

去年と同じくゴーヤにキュウリ、今年は新たにトマトとナス、オクラとピーマン、ズッキーニとミニカボチャというラインナップに挑戦し、見事にすべて収穫に至った。

それらが毎日食卓に登場したのは言うまでもない。

ちなみに今年も花は育てていない。千遥に言わせると、実がなる前に必ず花が咲くんだからいいのだという。食べられもしない上に実もつけない花には興味がないらしい。

「この一年ちょっとで、過去二十八年分に匹敵する野菜を食った気がするな」

「それはひどい」

過去の食生活が、と千遥は続けた。

自覚はあった。それまでは気にもしていなかったが、千遥に言われるようになって過去を振り返って反省したのだ。

間もなくして到着した管理事務所の前に車を停《と》めた。

「僕は車で待ってるから。ごめん、統貴さん一人で行ってきて」

「やっぱり気にするか」

「さすがに、男二人で……ってのは……うん、向こうも対応に困りそう」

「プロなんだから大丈夫だろ。芸能人やらなんやらがお忍びで使ってるって話だしな」

「だとしても……ごめん、ここで待ってる」

無理を通すことでもないので、統貴は一人で管理事務所に出向いて手続きをすませ、鍵《かぎ》をもらって車に戻った。同行者については人数だけしか求められなかったのでなんの問題もなかった。

統貴が車に戻って管理棟から離れると、千遥はあからさまにほっとした顔を見せた。

「そういうところは相変わらずなんだな」

「え？　なんの話？」

「世間体というか、人目を気にするところだよ。無闇に自信喪失するようなことはなくなったと思うんだが、そっちは無理か」

「あー……うん、まぁ……おもしろおかしく噂《うわさ》とかされるのは嫌かなーって」

他人にどう思われようとなんとも思わない統貴に対し、やはり千遥は気になるようだ。これはもう仕方ないことだろう。むしろ統貴が気にしなさすぎだと言われる。

付き合い始めた頃の千遥はもっといろいろと気にしていた。自己評価が低いわけではないが、統貴を高く見積もりすぎているための思い込みだった。本人は反論するだろうが、統貴に言わせればそうなのだ。

思い詰めて心を病んだり別れるなどと言い出すならともかく、そこまで深刻なものではないと判断して統貴はあえてノータッチでいた。相談されたり頼られたりするなら、いつでも身を乗り出すつもりだった。

もう一年も前の話だ。あれから千遥は安定している。統貴への過大評価は相変わらずだが、慣れたのか開き直ったのか乗り越えたのか、格差とやらで落ち込むことはなくなっている。

そのうち人目も気にしなくなってくれるかもしれない……とまでは、さすがに思っていない。こうなったらぜひとも世のなかが変わってくれと願うばかりだった。

事務所は敷地の入り口にあり、すでに私有地になっている。雑木林《ぞうきばやし》を抜けると、一気に視界が広がった。

「あ、海だ」

窓の外を見て千遥は声を弾ませる。

「さっきから何度も見てるだろう」

なにしろ海沿いの道を走ってきたのだし、立ち寄った食事処《どころ》も海辺にあった。

「だっていったん離れたじゃん」

確かに高台にある目的地へと向かうため、少し前から海に背を向けて走っていた。そうして曲がりくねった道を抜け、眼前に海が広がる場所に出たのだ。

海までの距離はそこそこあるが絶景だ。視界のなかに人工物が少ないのもプラス要因だろう。

千遥はすごいと喜んでいる。子供のようで、自然と統貴は目を細めた。

並ぶ建物はすべてレンタルコテージで、五棟《むね》ある建物の一番奥が今回の滞在先だ。一棟一棟は離れて建っている上、海側以外は塀で囲われていた。門を開いて車を入れてしまえば、そこはプライベート空間だった。

「すご……思いきりデザイナーズ物件！　真っ白！」

不動産業に身を置く者らしく、千遥は目を輝かせている。立地もさることながら、建物自体も気に入ったようだ。

今回の滞在は四日間だ。合わせて取った夏期休暇をこの旅行に当てたのだ。

海の近くで、一軒家の宿がいい……と言ったのは千遥だ。生まれてこの方、マンションとアパートにしか住んだことがなかったので、一軒家へのあこがれがあるらしい。ついでに露天風呂があったら最高、とのことだったので、統貴はこのコテージにした。

予約完了の報告をしたとき、千遥は唖然《あぜん》としていた。彼はこぢんまりとした温泉宿を想定してリクエストを並べていたらしいが、これはこれでおもしろそうだとすぐに気持ちを切り替えて目を輝かせた。なにしろジャグジー付きの露天風呂どころか、小さいながらもプライベートプールまであるので、滅多に出来ない経験だと嬉《うれ》しくなったようだ。

「わーわー、すごい天井高い！　あっ、そうだ冷蔵庫に入れなきゃ」

千遥はクーラーバッグを手にキッチンに行き、途中で買った食材を冷蔵庫に収めていく。

食事はつかないが、ケータリングメニューが豊富に用意されているし、車で外へ食べに行ってもいい。まして休暇中なのだから千遥を家事から解放させてやりたくて、調理せず軽く食べられるものを朝食用に少し買っただけだった。アルコールを含むドリンク類のほうが確実に多い。

「よし、探検してくるね。あ、なにか飲む？」

「水でいい」

千遥は冷えたミネラルウォーターを統貴に渡し、コテージ内を見に行った。

平屋建てのコテージは、１ＬＤＫで定員が四名となっていた。ベッドルームは一つだが、ロフトがあってそこで二人寝られるようになっている。内装は白を基調としていて、海に面したほうは一面の掃き出し窓。庭にはプールがあり、その向こうに海が見えた。

立地のせいか常に風があるようだ。植えられた木はずっと揺れているし、外にいるあいだはざわざわと葉が鳴る音が聞こえていた。巡らせた塀はその風よけの意味もあるのだろう。

高い天井にはシーリングファンが取り付けてあり、リゾート気分を演出する一端を担っている。ソファの座り心地もなかなかだ。

「ベッド、ハリウッドツインだった」

「くっつけてあるやつか」

「うん。セミダブル二つだから超でかい。あとね、バスルームも広かった。そのまま外へ出られるようになってたよ。なんかもうすっごいセレブ」

「おかしな日本語だな」

だが言いたいことはわかったので統貴は小さく笑った。千遥なりにテンションが上がっているのは間違いなかった。

「洗面所はダブルシンクだったし、洗濯機もあったし洗剤もついてた。キッチンも無駄に充実してるよ。こんなところで本格的に料理する人いるのかな」

「プロを呼んで目の前で調理させるんじゃないか？」

「あー……それは思いつかなかった。そうか、マジでそういうのあるんだ」

「あるらしいぞ」

あくまで聞いた話だが、会社の上司がそういった場に招かれたというから、噂話の範囲ではなく事実だ。統貴には興味のないことだったが。

「うーん、プール入ろうかな。さすがにもう寒いかな」

「じりじりと焼けるのとどっちがいいかだな」

色白の千遥が強い日差しに焼かれたら悲惨《ひさん》なことになりそうだ。健康的ではあるのだが、焼けると真っ赤になる体質だという。

千遥の肌はとてもきめ細やかだ。熱心に手入れをしているわけでもないのに、白くて張りがあって、そのくせ柔らかで手触りがいい。

　もう何度もその肌を堪能《たんのう》してきた。白い肌が上気して赤く染まり、しっとりと汗ばんでいく感触も気に入っている。

「なに？」

「いや」

「えーなんか、やらしー顔してたよ？」

「バレたか」

　隠す気もなかったので、笑いながら肯定した。指摘した千遥も一応は「引いた」といったポーズを取ってみせたが、くすくすと笑っていた。

「やっぱ明日かな。曇りだっていうし、気温は高いみたいだし。一応ウォータープルーフの日焼け止め買ったんだけどね」

「泳ぐほど広くもないけどな」

「こういうのは浸《つ》かってパチャパチャやるものじゃないの？」

　縦の長さは十メートルにも及ばない上、デザイン性を重視した変形プールだ。確かに泳ぐためのものではないだろう。

「水着は持って来なかったんだろ？」

「泳ぐつもりなかったからねー。でも、見たら入りたくなったというか。Ｔシャツと短パンでもいいよね。自分たちだけなんだし」

「なんだったら裸でいいんじゃないか？　それこそ、自分たちだけなんだからな」

「ええー……それはなんか、ちょっと……」

抵抗がある、と千遥は呟《つぶや》き、プールに目を向けた。

「でかい水風呂だと思え」

「水風呂って……」

無理、とまた笑って千遥は統貴の隣にやって来た。

「なかなか落ち着くところだな」

「うん。バカンスって気分になってきた」

「バカンスと言うには短いな」

滞在期間は四日しかなく、統貴たちの休みも今回は一週間ほどだ。統貴の同僚曰く「それはホリデーであってバカンスではない」そうだ。

統貴だって出来るならばバカンスにしたかった。一ヵ月くらい休んで、二人きりで誰にも邪魔されずに過ごしてみたかった。

なぜ去年のうちにやってしまわなかったんだと悔やまれた。一年前ならば千遥はまだ就活中で、統貴さえ休みを取れば可能だったのに。

いや、それを思いついたとして、崚太郎の預かりが発生した時点で計画はつぶれていたことだろう。金を出してどこかに預けるなりシッターを雇うなりの提案をしたところで、千遥が難色を示したはずだ。

かくなる上は、少しずつ説得と誘導を試み、千遥の意識を変えさせて専業主婦状態にさせるしかない。もちろん仕事もしたいと言うならしてもいいが、それは在宅ワークが望ましい。やたらと資格を取りたがる千遥のことだから出来ることは多いだろう。

そう、資格取得に目覚めた彼は、あれからまた二つ資格をゲットした。取ること自体が楽しくなってきたらしく、暇さえあれば通信教育のテキストを広げているのだ。

「うーん、なに食べよう。統貴さんはなにがいい？」

ケータリングのメニュー表を手にした彼は、すでに夕食へと興味が飛んでいた。基本的に食べることが好きなのだ。

「任せる」

「またそういう……うーん、昼が和食だったから……これは？　欧風家庭料理だって」

「いいんじゃないか。写真は美味《うま》そうだ。買って来たワインにも合うし」

「よし、じゃあここで。明日は寿司《すし》がいいなぁ」

昼間は外で食べることにしているので、夜はここでゆっくり過ごそうと決めてある。千遥は何日も前からインターネットでいくつも店をチェックしていた。明日はここから車で三十分くらいの場所にあるイタリアンを予約してあるのだ。

「適当に注文しちゃうからね？」

「ああ」

千遥ほどの熱意を持たない統貴は、軽く頷《うなず》いてペットボトルの水を呷《あお》った。

統貴にとって食事は、誰が作ったか、あるいは誰と食べるかが重要であり、味や種類は二の次だった。愛する恋人と食べるのならばなんだっていいのだ。ただその恋人がシチュエーションや味を喜ぶので、その顔見たさに店を選んだり訪れたりしているにすぎない。

電話で注文を終えた千遥は、七時にしたと報告してから、風呂に入ってくると言って立ち上がった。

「いまからか？」

「明るいうちに風呂に入るとか、超贅沢《ぜいたく》気分じゃん」

「……そうなのか」

よくわからなかったので同意にもならない言葉を返すと、いくぶん不満そうにしながらも理解を得ようとはせず、千遥は湯を張りにバスルームへ向かった。

なんだかんだ言いながら、統貴が後を追って風呂に入ったことは言うまでもない。

ついでに、抗議を受けながらその内風呂で千遥にさんざん声を上げさせたこともだ。

疲労困憊《こんぱい》でぐったりとしていた千遥は、七時きっかりに届いた夕食をつつきながらブチブチと文句を言っていたが、料理自体にはおおむね満足していたようだ。

地元の海の幸をふんだんに使ったブイヤベースとバゲット、温野菜のサラダに鴨《かも》のオレンジソースといったラインナップは、食べ切れずに明日の朝食の一部になることが決まった。


シャワーを浴びて出ると、ベッドはもぬけの空だった。

シーツはまだ少し温かいので、統貴が出てくる直前に出て行ったのだろう。時計を見ると、ようやく七時をまわったところだった。

「ずいぶんと元気じゃないか」

くすりと笑みがこぼれる。

昨夜はわりと早く眠りについたので、二人ともずいぶん早くに目覚めてしまった。外がようやく明るくなり始めた頃だった。

言葉を交わしているうちにその気になって、朝っぱらから激しく求め合ったわけだが、口で言うほど千遥は限界じゃなかったようだ。

もう無理、だなんて泣くものだから勘弁してやったというのに。

ドアを開けてリビングを見ても姿はなかった。ならばと寝室のブラインドを開けると、プールに入っている千遥の姿があった。一枚のシャツがプールサイドのチェアに無造作に置かれている。昨日統貴が着ていたものだ。どうやら本当に裸で入ったようだ。

統貴はと言えば、ルームウェアの下だけを穿《は》いている状態だった。

昨日明るいうちに確かめたのだが、プールの水は綺麗《きれい》だった。客のチェックインにあわせて水を張り直すという触れ込みなので当然だろう。

千遥は昨日も言っていたように泳ぐでもなく、ただ浸かっていた。水を手ですくって投げてみたり潜《もぐ》ってみたり、彼なりに楽しんでいる。

しばらく眺めていると、ふとこちらを見た千遥と目があった。

少し気恥ずかしそうに手を振り、海のほうへ身体ごと向いてしまった。

日の出の時刻はとっくに過ぎているが、残念なことに雲が多くて太陽は見えなかった。いまのところ天気予報の通りだ。

ガラス戸を開けてプールサイドへ出ると、千遥が振り返った。

「おはよー」

「ずいぶんと余裕そうだな」

「え、いや……頑張ってここまで来たんだよ？」

「シャワーよりプールか」

　一緒に浴びようという誘いを断ったのは千遥のほうなので、彼は気まずそうに目を逸《そ》らした。バスルームで続きに至ることを警戒したのだろう。

「えーと、身体冷まそうかなって」

「なるほど。それもそうだな」

　統貴は笑いながら言って、自分もプールに入った。足からどぼんと派手に水しぶきを上げることも忘れなかった。

「わっ」

　まともに水を被《かぶ》った千遥が、報復でばしゃばしゃと水をかけてくる。水は思っていたように冷たかったが、すぐに慣れた。

「こら、よせ」

「自分が先にやったんじゃん」

「俺は一回だろう」

「しぶきの量が半端《はんぱ》じゃなかった！」

千遥は子供のように楽しそうに水をかけ、手で防ごうとする統貴を見て声を上げて笑った。

可愛いなと、本日一度目の感想が浮かんだ。もう一年以上、毎日こうして千遥を「可愛い」と思う日が続いている。

いっそ無邪気とも言える笑顔と、細い身体のあちこちについたキスマークがアンバランスだ。思わず水しぶきのなかで千遥の手をつかみ、自分のほうへと引き寄せた。

プールの深さは場所によって違うが、ここは統貴の胸の下までしか水がない。一番深いところでも肩より下のようだ。

千遥の唇を塞《ふさ》いで腰を抱き、早朝からするには濃厚すぎるキスでむさぼる。

水のなかにいるというのに、身体は徐々に熱を帯び始めた。

するりと腰を撫《な》でると、小さな震えが返ってくる。なけなしの抵抗は統貴を煽《あお》るものにしかならなかった。

「と……き、さん……」

「滅多にないシチュエーションだよな」

「え？」

「キスだけじゃもったいないと思わないか？」

その瞬間に意図を察した千遥は逃げようともがくが、それよりも早く統貴は腰をしっかりと抱いて阻止した。

「待って待って」

「せっかく全裸で誘ってくれていることだし」

「誘ってないよ！」

そもそも裸でいいんじゃないかと言ったのは統貴のほうだと千遥は訴える。それが頭にあり、第三者は入って来ないしと思って、つい実行してしまったらしい。

理由はどうでもいいのだ。統貴が口にした通り、そうそうないシチュエーションにその気になってしまったというだけなのだから。

「さっきさんざんしたじゃん！」

「プールに全裸で入ってるのを見たら、またしたくなった」

「待って。ほんとに待って。これはさすがに上級者向けすぎない？」

「付き合って一年以上たってるんだぞ。もう初心者とは言えないだろ」

「せ、せいぜいまだ中級者ですぅ」

言葉を交わすあいだも千遥はばしゃばしゃと水音を立てている。とりあえず説得でなんとか切り抜けようとしているのだ。

千遥はいまだに本気で統貴を拒絶したこともないし、激しく抵抗したこともない。それは統貴が、本当に千遥に嫌悪感をもよおさせることや拒絶反応を起こすようなことをしないからだ。そのあたりの見極めは出来ていると自負していた。

もちろんいきなりでは無理なことも多い。幸い今回のケースは、以前から浴槽内でのセックスを何度もしているので水のなかというのは問題ないだろうし、バルコニーの目隠しがある場所での行為も経験しているから、屋外も大丈夫では……と踏んだ。

統貴はにやりと笑い、軽く千遥の唇をついばんだ。

「プールくらいは中級者じゃないか？　単に機会が少ないってだけだろう」

「た、確かに日本じゃ滅多にないだろうけど……」

「どのみちプライベート空間のなかだ。たとえば人気《ひとけ》のない山道で車を停めて、外でするよりはずっといいんじゃないか？」

「それは一生無理」

涙目で小さくかぶりを振るのが可愛らしい。いまだにこんなことで顔を赤くしてくれるものだから、統貴の悪戯心《いたずらごころ》は止まることがない。

統貴の恋人は初心《うぶ》というより、保守的なのだ。ベッド以外の場所でセックスすることに抵抗感があり、特殊なプレイ――本当に特殊なことはいまのところしていない――には強い拒否反応を示す。バスルームでのセックスに関しては、事後で朦朧《もうろう》としているすきに場所を移して身体を繋《つな》いだので、なし崩し的に受け入れたようだ。ソファでするのにも数ヵ月要した。バルコニーという屋外での行為は今年の夏になってようやくだった。とはいえ故意に外でしようと思ったわけではない。グリーンカーテンの下でじゃれているうちにそうなっただけで、つまりガラス戸のすぐそばだった。あれは半分室内のようなものだと統貴はそのとき主張した。

「身体が冷える前に、風呂場に連れて行ってやる」

宥《なだ》めるようなキスを受けながら、千遥は水の抵抗くらいにささやかな抗《あらが》うそぶりを見せたが、せいぜいそれだけだった。

プールの端に追い詰め、胸をしゃぶりながら後ろを指でまさぐった。千遥のなかは統貴が注いだものが残ったままで、指の動きを助けてくれる。

最初は戸惑いと羞恥《しゅうち》による抵抗を見せていたものの、やがて快楽に溶けて艶《なま》めかしい反応を示すようになっていった。

それでも必死の抵抗——あくまで言葉での抵抗は続いていた。

「やっ、ぁ……待って、ここ外……だからぁ……っ」

「刺激的だろ？」

直接耳に声を吹き込むようにして囁《ささや》いてやる。千遥はいやいやをする子供のようにかぶりを振るが、身体の反応は上々だ。拒否感が強いのならばここまで反応しないだろう。

快楽に弱いところも可愛くて仕方なかった。

「し、刺激なんていらないしっ」

「飽きられないようにしてるんだよ」

とんでもない、とばかりに勢いよく千遥は首を振った。

「マンネリは敵らしいからな。彼氏としての健気《けなげ》な努力だよ」

「健気の意味調べて来いっ」

上擦った掠《かす》れ声がたまらなく色っぽくて、自然と統貴は目を細めていた。それを見てか、あるいは愛撫《あいぶ》のせいか、千遥はびくびくと肌を震わせる。けっして小柄ではないのに、こういう小動物っぽさを見せるところも統貴にはたまらないし、蕩《とろ》けかけた顔と潤んだ目で言い返してくるのも可愛くて仕方ない。

今日も統貴の内からは愛《いと》おしさがあふれてくる。あふれ出したそれを持て余す日々にももう慣れた。

統貴の平坦で退屈だった毎日は、あの夜——千遥と出会ったとき——から一変した。見つけられてしまった千遥には災難だろうが、手放すつもりはまったくないので諦《あきら》めてもらうしかない。

もちろん彼が一方的な被害者じゃないことは理解している。千遥に問えば、災難などではなく幸せだと答えることも承知していた。

それでも統貴にとって千遥は、かわいそうで……なによりとても可愛い恋人なのだ。

あとがき

初めまして。あるいはこんにちは。きたざわです。

プロットを立て始めた段階では、主人公は家政婦（夫？）になりたい系男子にしようかと思っていたんですが、気がついたらシッターさんになっていました。バリキャリの年上女性にとってもニーズがありそうな男子……かもしれない。

そして朝井《あさい》家、平和的に一家離散してます。家族全員が納得ずくなので千《ち》遥《はる》的には問題ない、ということになってます。

統《とう》貴《き》の名字は、なるべく言いにくそうなものを探しました。主人公が噛み噛みにしないと、下の名前で呼びそうもないかなと思ったのと、統貴も自分から呼んでくれ、とは言わないタイプなので。柳久《やなぎく》保《ぼ》……私は普通に言えるんですけどね（笑）。もっと言いにくい名前があっただろうな……とは思います。見つからなかったんだ……。

ところで、カバーコメントにも書きましたが、鍼治療ですよ。いままでちょっと怖くて避けていたんですが、思い切ってやってもらうことに。

頭は見えないからいいんですけど、手の指のあいだに長い鍼がずぶずぶーっと入っていくのはちょっと「うえぇ……」となりました。いや痛いわけじゃないんですけど視覚的に。

あとがき

なんというか、人体って不思議。昔の人は、一体なんで人の身体に鍼刺そうと思ったんだろうか。ツボとか押してみたらいい感じだから、鍼でぶすっとやったらもっと効くんじゃない？　みたいな感じだったんだろうか。

などとまったく本編に関係ないことを書いてしまいましたが……。

古澤《ふるさわ》エノ先生！　雑誌掲載時に引き続き、今回もありがとうございました。素敵な二人はもちろんなんですが、崚太郎《りょうたろう》の可愛さにきゅんきゅんしてました。ちびっ子可愛い。ライオンさんのぬいぐるみも可愛かったです。

動物園……上野《うえの》の子パンダが公開されたら行こうと思います。なんだかんだ言いながら、上野で誕生したパンダは全部見てるな私。いや、そんなに数いないけど。

えー最後になりましたが、こんなところまで読んでくださってありがとうございました。

またどこかでお会いできたら幸いです。

きたざわ尋子《じんこ》

僕の恋人はいつか誰かのものになる

ぼくのこいびとはいつかだれかのものになる

きたざわ尋子
イラスト：兼守美行

定価 957 円

初めて会った時から欲しいと思っていたよ——大学生の白石聡海は、八歳年上で従兄弟の景山隆仁と恋人関係にあった。幼い頃からひとつ屋根の下で暮らし、兄のように慕ってきた相手。そんな隆仁に大切にしてもらい、「愛されている」と日々感じる聡海だが、眉目秀麗で完璧な隆仁に自分は不釣り合いだと思っていた。そんなある日、隆仁に想いを寄せる社長令嬢が二人の家を訪れる。いつか隆仁は心変わりし、自分の元を去っていくと覚悟していたが、彼女と結ばれる隆仁を想像するたび聡海の胸は激しく痛み…？

リンクスロマンス大好評発売中

カフェ・ファンタジア

きたざわ尋子
イラスト：カワイチハル

定価 957 円

ある街中にあるコンセプトレストラン“カフェ・ファンタジア”。オーナーの趣味により、そこで天使のコスプレをして働く浩夢は一見ごく普通だが、実は人の「夢」を食べるという変わった体質の持ち主だった。そう——“カフェ・ファンタジア”は、普通の食べ物以外を主食とするちょっと不思議な人たちが働くカフェなのだ。浩夢は「夢」を食べさせてもらうために、「欲望」を主食とする昂大と一緒の部屋で暮らしている。けれど、悪魔のコスプレがトレードマークの傲岸不遜で俺サマな昂大は「腹が減ったから喰わせろ」と、浩夢の欲望を引き出すために、なにかとエッチなことを仕掛けてきて…!?

初　出

恋になるまで暮らしませんか	2021年 リンクス5月号掲載
愛になっても暮らしましょう１	書き下ろし
愛になっても暮らしましょう２	書き下ろし

この本を読んでの
ご意見・ご感想を
お寄せ下さい。

〒151-0051
東京都渋谷区千駄ヶ谷4-9-7
(株)幻冬舎コミックス　リンクス編集部
「きたざわ尋《じん》子《こ》先生」係／「古《ふる》澤《さわ》エノ先生」係

リンクス ロマンス

恋になるまで暮らしませんか

2021年8月31日　第1刷発行

著者……………きたざわ尋《じん》子《こ》
発行人…………石原正康
発行元…………株式会社　幻冬舎コミックス
〒151-0051　東京都渋谷区千駄ヶ谷4-9-7
TEL 03-5411-6431（編集）
発売元…………株式会社　幻冬舎
〒151-0051　東京都渋谷区千駄ヶ谷4-9-7
TEL 03-5411-6222（営業）
振替00120-8-767643
印刷・製本所…株式会社　光邦
検印廃止

ISBN978-4-344-84918-1 C0293
Printed in Japan

幻冬舎コミックスホームページ　https://www.gentosha-comics.net